World Youth
Classic Literature Series

比莱尔比村的孩子
BI LAI ER BI CUN DE HAI ZI

◎[瑞典]林格伦 著 ◎姜春香 编译

中国出版集团
现代出版社

图书在版编目(CIP)数据

比莱尔比村的孩子/(瑞典)林格伦著;姜春香编译. —北京:现代出版社, 2013.2

ISBN 978 - 7 - 5143 - 1254 - 6

Ⅰ. ①比… Ⅱ. ①林… ②姜… Ⅲ. ①童话 - 瑞典 - 现代 - 缩写 Ⅳ. ①I532.88

中国版本图书馆 CIP 数据核字(2013)第 021142 号

作　者	林格伦
责任编辑	李　鹏
出版发行	现代出版社
通讯地址	北京市安定门外安华里 504 号
邮政编码	100011
电　话	010 - 64267325　64245264(传真)
网　址	www.xdcbs.com
电子邮箱	xiandai@ cnpitc.com.cn
印　刷	三河市燕春印务有限公司
开　本	700mm × 1000mm　1/16
印　张	12
版　次	2013 年 2 月第 1 版　2018 年 7 月第 2 次印刷
书　号	ISBN 978 - 7 - 5143 - 1254 - 6
定　价	29.80 元

序　言

　　孩子是未来的希望，是父母心中的天使，是充满快乐的精灵。小学阶段更是孩子最快乐的时光，是孩子成长发育的黄金阶段。为了让孩子学习更多的课外知识，享受更加丰富的学习乐趣，我们策划了本丛书！

　　从小让孩子多读课外书，对培养孩子健康的心态和正确的人生观无疑将起着非常重要的作用。自《语文课程标准》公布以来，不少富有敬业精神、有才干的教师，在他们的教学中，担当起阅读教育的重担。他们在严谨的选材中，利用丰富的文学资源，向学生推荐了大量优秀的课外读物，实施了以"练成阅读和作文的熟练技能"为重要内容的阅读教育。大千世界充满了丰富的知识。阅读能丰富小学生的语文知识，增强阅读能力，提高写作水平，开阔视野，增长智慧。阅读本丛书，能够使孩子享受到阅读的快乐，激发起更浓厚的阅读兴趣，孩子的生活将充满新的活力与幸福！本丛书精选了世界名著和中国经典书目中流传最广、影响最大、最脍炙人口的作品，是培养小学生理解能力、记忆能力、创造能力的最佳课外读物。

　　最后需要指出的是，本丛书把世界上流传甚广的经典童话、寓言等也尽收其中，并将这些文学作品重新编写审订，使作品在不影响原著的基础上更适合少年儿童阅读，在丰富他们课余生活的同时提高语言和文字表达能力。本丛书通过科学简明的体例、丰富精美的图片等有机结合，使小读者不仅能直观地领略作品的精髓，而且还能获得更为广阔的文化视野和愉快体验。希望本丛书能成为孩子生活的一缕阳光照亮孩子前进的道路，能成为一丝雨露滋润孩子纯净的心灵。

编　者

目　录

比莱尔比村的孩子

比莱尔比村的孩子

1

童心阅读在线

比莱尔比村的孩子

原　著

[瑞典] 阿斯特里德·林格伦

第一章　庄里三家人

　　我叫丽莎，当然了，大家一看名字就知道我是个女孩。我今年7岁。

　　有时候，妈妈对我说："你都这么大了，可以帮我干干家务活了。"可有时候拉尔斯和皮普又对我说："你太小了。我们不要和你这个还吃奶的娃娃玩过家家。"

　　我不知道我到底算大还是算小，哎，管他呢。也许我不大也不小，正好吧！

　　拉尔斯和皮普是我的两个哥哥。拉尔斯9岁了，皮普8岁。拉尔斯的身体很好，跑起来比我快多了，不过我能追上皮普。碰到他俩不想跟我一起走的时候，拉尔斯就拉住我的手不让我追，而让皮普先往前跑一段，然后他把我的手一松，追上皮普一起跑，把我一个人丢下了。他要这样做，真是再容易不过了。很可惜，我没有姐姐或者妹妹。他们总是说抛下我就抛下我，跑了。

　　我家住在一个叫中庄的地方，因为它正好位于另外两个农庄之间。那两个农庄就是北庄和南庄了。

　　南庄有一个男孩叫奥拉夫——不过我们就喜欢简称他奥利。他是独子，因此他总是跟拉尔斯和皮普玩。奥利今年8岁，在我看来，他

比莱尔比村的孩子

跑起来很快就能够追上拉尔斯了。

北庄有两个女孩。一个叫布丽塔,一个叫安娜。我很高兴她们是女孩子,而不是总不带我玩的坏男孩!布丽塔9岁,安娜跟我一样大。我认为自己对她们两个是一样地喜欢。哦,不,或许我比较喜欢安娜一点儿,不过也就多那么一点儿。

村子里就只有这6个孩子,再没有其他孩子了。我们这个村子实在很小,只有北庄、南庄和中庄3个农庄。只有这么6个小孩——拉尔斯、皮普、奥利、布丽塔、安娜和我。

第二章　两个哥哥顶讨厌

　　我本来和拉尔斯、皮普睡在一个屋子里，就是楼上右边紧挨顶楼的那个三角形的房间。不过，现在我一个人住在左边那个三角形屋子。这间屋原本是我奶奶住的。我为什么要住到那间屋子里呢？主要还是两个哥哥，下面我就跟大家说说吧。

　　跟哥哥们同睡一个屋，有时候很好玩。不过，仅仅是有时候。我们晚上躺下来还没睡着的时候，拉尔斯就喜欢讲鬼故事，虽然鬼故事吓得我头发都要竖起来，可我又想听他讲下去，哎，真是奇怪，很矛盾。拉尔斯一肚子都装着鬼故事，可怕极了，我每次听了都要吓得把头藏到被单底下。但皮普从不讲鬼故事。他只讲他长大了要去冒险，要到美洲，因为他听说那里有印第安红人，他说他没准儿能弄个印第安酋长当。

　　一天晚上，拉尔斯又给我们讲鬼故事了，听着听着，我就害怕起来。拉尔斯说这个鬼在屋子里蹦来跳去，还轰隆轰隆地移动家具，我听了吓得要命。当时屋子里很黑，我睡的那张床离他俩的床又很远。就在这时候，突然，屋子里的一张椅子忽前忽后，吱吱嘎嘎地动起来了。糟糕，不用说，一定是鬼来了，就跟刚才讲的那个鬼一样，这个鬼也要搬我们屋里的家具了。吓得我头发直竖，汗都冒出来了，拼命哇

比莱尔比村的孩子

哇地叫起来。这时候,我听见他俩在那里咯咯地笑。原来是他们想出的鬼主意,他们在椅子两边各拴上一根绳子,然后一人拿着一根,躺在床上,你拉一下他拉一下地把椅子拉来拉去。他们就是这么坏。我都快被他俩给气疯了,可后来却忍不住又被他们逗得哈哈大笑。

我跟哥哥们同睡在一个屋里,就别想自己做点儿什么事情。什么时候关灯,总是哥哥拉尔斯说了算;当我想要看书时,他却要在黑暗中讲鬼故事;当我想要睡觉时,拉尔斯和皮普却别出心裁地玩什么游戏。

拉尔斯没有床头灯,他在门旁边的电灯开关那儿接一根长线,拉到他那儿,这样他在床上就可以自由控制电灯。他说他长大了想当一名电气工程师。我不知道电气工程师是什么,拉尔斯说这种工作很了不起。皮普却一直说他要当一个印第安酋长,但有一天他又说,要当一个火车司机了。

那我长大了要当什么呢,我还真不知道。也许我会当个妈妈吧,因为我最喜欢一点儿大的小娃娃了。我如今已经有 7 个洋娃娃了,我把它们当我的小孩去爱它们。但是不久,我就嫌乏味了。我想,人长大了肯定也是件乏味透顶的事。

我最喜欢的洋娃娃叫贝拉。它有一双蓝眼睛、一头黑色的卷发。我给她睡一张小巧的玩具床,床上铺着粉红色的被子和床单,可我两个哥哥竟在她的小嘴巴上画了两撇小胡子,真让人生气。如今我再也不和他们睡一个房间了,真是谢天谢地!

从哥哥们的窗子望出去,可以望到奥利的房间。我们两家房子中间长着一棵大榆树。有一回,我爸爸跟奥利的爸爸说,他们准备把这棵榆树砍掉,因为这棵树把照到房间里的阳光给遮住了。但是三个男孩子大吵大闹,拼命地请求爸爸们把榆树留下来。最后树被留下了,直到今天还在那里。

第三章　我最快乐的一个生日

一年中,我有两个最快乐的日子:一个就是我的生日那天,再一个就是圣诞节前夜。在我所有的生日中,今年,我7岁生日过得是最快乐的。

那一天,我一大早就醒了。当时我还和哥哥们睡在同一个房间里。我一早就醒了,可那两个家伙还在呼呼大睡。因为我的床一动就会吱嘎吱嘎地响,我就故意在床上翻来滚去的,想让吱嘎吱嘎的声音把他们吵醒。我不能去叫醒他们,因为过生日的这一天,小寿星是不能叫醒别人的,一定要睡到人家来把自己叫醒,然后给小寿星送祝福、送礼物。可这两个家伙居然还在一个劲儿睡啊睡啊,也不起来给我端生日点心。

就这样我把床弄得吱吱嘎嘎的特响,最后,皮普总算坐了起来,他开始用手胡乱地搔脑袋。接着他叫醒了拉尔斯。然后他们就悄悄地溜出房间,下楼去了。我伸出脖子竖起耳朵,就听见妈妈在厨房里乒乒乓乓地弄响了杯子、碟子什么的,我躺不住了,我实在是太兴奋啦。

最后,我听见楼梯上蹬蹬响起的脚步声,于是,我赶紧把眼睛闭得紧紧的。接着——砰!门一下子打开了,门口站着爸爸、妈妈、拉尔

比莱尔比村的孩子

斯、皮普，还有帮妈妈做家务的阿格达。妈妈捧着托盘，我就看见托盘上面有一杯巧克力、一瓶花，还有一个糖衣大蛋糕，蛋糕上面由糖霜撒出"丽莎7岁生日快乐"几个字。蛋糕应该是阿格达烤的。不过我没看见有什么礼物，心想，这个生日过得倒是奇怪。

这时候爸爸微笑着说："先喝了这杯巧克力吧，然后我们来看看，能不能给你找到一两样你喜欢的礼物。"

我明白了，原来他们是要送我一样叫我根本就想不到的东西。我赶紧咕咚咕咚地喝了巧克力。妈妈就拿出一块手帕，扎住了我的眼睛。爸爸把我抱起来，在屋子里转啊转地转了几圈，然后就把我抱起来向外走，要抱我到什么地方去呢。可究竟到哪儿我实在不知道，因为我的眼睛被蒙住了，当然看不见。

我就听见哥哥们在我们身边跑，还总捏我的脚趾头，大喊大叫："你猜猜看，你现在到哪儿了？"

爸爸把我抱下楼，一会儿进一间屋，一会儿又出一间屋，后来我甚至都觉得到了屋子外面了。

接着，我们又上楼了，进了一个房间里，爸爸停了下来。最后妈妈解开手帕，我就看见自己站在一个房间里。这个房间我好像从来没进来过，至少我一开始是这么想的。可当我一向窗外望，就看见对面不远处北庄那个三角屋，而布丽塔和安娜正站在她们房间的窗口向我招手。

我一下子明白了，我这是站在奶奶原来住的那个房间里，原来爸爸故意那么绕来绕去地走，是故意迷惑我。

在我很小的时候，本来奶奶是和我们住一起的，可两年前，她就住到弗丽达姑妈家去了。以后妈妈就把她自己的织布机放到这个房间里来了。这间屋的地板上常有一大堆一大堆的碎布，妈妈就拿它们织布垫。可现在这儿既没有纺织机，也没有碎布。

这儿看着可爱极了，我简直难以相信，问大家是不是魔法师到过这儿。妈妈说："没错,这儿是来过魔法师,不过这个魔法师是你爸爸,他给你变出了一个漂亮的房间,这间房现在是你的了。"她还说,这就是送给我的生日礼物。

我高兴得欢呼跳跃,没有比这更让我高兴的生日礼物了。爸爸告诉我妈妈在布置房间时也出了大力气。墙纸是爸爸糊的——这些墙纸非常可爱,上面满是一束一束的花。漂亮的窗帘是妈妈为我做的。

原来,爸爸每天晚上躲在他的木工间,做了一个抽屉柜,一张圆桌,还有一个柜子,三把椅子。爸爸把它们全漆成了白色。妈妈做了好多布垫,好看极了,布垫的边有红的、有黄的、有绿的,铺在地板上。冬天我看见她一直在织这些布垫,可从没想到这是为我织的。我也真希望看到爸爸做这些家具,可爸爸冬天里一直在给别人做东西,所以我就没看到了。

拉尔斯和皮普跑到我的新房间来。拉尔斯说:"我们每天晚上都会来看你,给你讲鬼的故事。"

我跑到哥哥们的房间,拿回我的洋娃娃。我有4个小洋娃娃、3个大洋娃娃,是我很小的时候大人们送给我的,我把它们都好好地珍藏下来了。我要把那些小洋娃娃安顿在柜子里。我先在柜子里放一小块红绒布当地毯,在地毯上面放上漂亮的小家具,这些小家具是奶奶过圣诞节送我的。接着我把几张玩具小床放到那里。

最后是把小洋娃娃们放在小床上。现在他们跟我一样有自己的房间了,虽然他们今天不过生日。我把贝拉睡的大玩具床放在靠近我的床的角落,又把汉斯和格莱塔睡的婴儿车放在另一个角落,等到一切都安排好,我的房间看着真是可爱极了。

接着我又跑到哥哥们的房间拿回我所有的盒子,还有我放在他们抽屉柜里的东西。

皮普哥哥说:"好极了! 现在我有更多的空间放我那些可爱的鸟蛋了!"

我有13本书,我把它们放在柜子上。柜子上还放着几盒书签。我的书签多极了。我们经常在学校里交换书签。不过有20张特别书签,我跟谁都不会交换的。其中一张是一个天使,穿一身粉色的连衫裙,还长着翅膀,可漂亮了。我在柜子里放好了所有自己心爱的东西。我也有了自己的房间,感觉真是太好了。

第四章　生日的乐事还有

生日那一天的乐事还有呢。那天下午,我请比莱尔比村所有的孩子吃点心。在我自己的房间里,圆桌周围刚好坐满了我们6个孩子。我们喝好喝的木莓汁,切开上面有"丽莎7岁生日快乐"几个字的蛋糕,我们一人一块,全都吃了。然后又吃了两种别的点心,是阿格达专门为我烤的。

吃完点心,大家就开始送我礼物。布丽塔和安娜送给我一本书,奥利送我一块巧克力糖。

奥利和我坐一起,拉尔斯和皮普就开我们的玩笑,唱也似地说:"新郎和新娘……新郎和新娘!"他们之所以这么说,因为奥利喜欢和小姑娘玩。不论我的哥哥们怎么逗奥利他都不在乎——他跟男孩子玩也好,跟女孩子玩也行,都一个样。拉尔斯和皮普其实也喜欢跟女孩子玩,虽然他们时常装作不高兴跟女孩子玩的样子。可村子里就只有6个孩子,不一起玩有什么意思。不管什么游戏,6个人玩总比3个人玩更有意思。

不一会儿,男孩子们就去看皮普的鸟蛋去了,布丽塔和安娜就跟我玩我的洋娃娃。

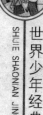
　　我的衣袋里有一根长绳子。我摸到绳子时就把它拉出来,我想看看它到底有多长。这时候我突然想了个好主意,我们可以用它来玩个有意思的游戏。只要再找一根长绳子,把绳子连接成一个圈,通到布丽塔和安娜的窗户那里,那么,我们就可以把绳子转来转去,用香烟盒传递书信了。我们说干就干,结果我们成功了。布丽塔和安娜跑回家,我就探身到窗外面拉绳子。我们就这样拉来拉去传递书信,我们玩了好几个钟头呢。看着香烟盒顺着绳子在窗户间来来去去,我感觉好玩极了。

　　一开始我们只是很简单地写着:"你好吗?""我很好。"接着我们就想象自己是被关在城堡里的公主,被喷火龙看住,出不去了。布丽塔和安娜给我写道:"我们这里的龙真恐怖。你那边的龙恐怖吗?布丽塔公主和安娜公主。"

　　呵呵,我就回信说:"可不,我这里的龙也很恐怖。我一想出去它就咬我。不过,我们还能相互写信,这已经算是不错的了。丽莎公主。"

　　过了一会儿,妈妈叫我出去做点儿事,我就离开了屋子。我走了以后,拉尔斯、皮普和奥利到我的屋里来,他们看见了绳子和我们的信。拉尔斯就用香烟盒装了一封信传过去,信上写道:"丽莎公主擤鼻涕去了。不过这边有许多很帅的王子。拉尔斯·亚历山大·拿破仑王子。"布丽塔和安娜觉得这封信写得真是无聊透了。

　　我的房间对着北庄,因此布丽塔、安娜和我这3个女孩子就能够经常通信了,这实在太好了。

　　冬天天黑得早,天黑了就不方便通信,我们就改用手电筒发信号。要是我亮三下,意思就是说:"马上过来! 我有话跟你们说。"我就可以和布丽塔、安娜通信了。

　　妈妈叮嘱我,必须让自己的房间整齐干净,我就尽力这么做。

有时我把地扫得非常干净,把所有的布垫都扔到窗外,阿格达就帮我拍打干净。后来我有了自己的地毯拍,我就用它亲自拍打布垫。我还把门把手擦得亮亮的,把屋子到处都擦得干干净净,还摆上我从外面采来的鲜花。我经常给洋娃娃们的小床和婴儿车换垫子。不过,有时候我忘了收拾房间。妈妈就叫我脏姑娘。

SHIJIE SHAONIAN JINGDIAN WENXUE CONGSHU

世界少年经典文学丛书

14

第五章　学校放假了

夏天真是好玩。我觉得什么都好玩,连学校里最后一天的考试也好玩。

今年这么多好玩的日子,是从结业的头天傍晚开始的,那天我们用鲜花和树叶来布置教室。我们在上学的路上采来了桦树叶子、立金花,还有白色的虎耳草。

我们上学要走很远的一段路,因为学校在另一个村子,那个村子叫斯托尔比村。因为我们比莱尔比村只有 6 个孩子,自然不能为了 6 个孩子在村子里专门办一所学校。因此,等我们走到学校时,花都有点发蔫了。我们把花放到水里,一会儿它们就又神气起来,变得很漂亮了。

我们在黑板周围插上国旗,又在黑板顶上放一个桦树叶子做的花环。我们的教室里摆满了花,香喷喷的。布置好教室以后,我们开始练习考试时要唱的歌。如果有人唱错了,老师还及时为他纠正,这也是一桩好事。

回家的时候,天气很好。我们 6 个比莱尔比村的孩子一起走,这样一来,我们走到家就得半天。因为拉尔斯要我们走在路上的石块上,看见一块踏一块。我们装作谁要是掉到地面上走,谁就要倒下来死掉。奥利忽然摔了一跤，跌到地上，皮普就说："你死了！""不，我没死。"奥利说："你瞧我多有活力。"他边说边挥胳膊边蹬腿。我们全都被他逗笑了。接着，我们又在矮墙上走。拉尔斯说："真奇怪，这话是谁说的：人只能在路上走？"

布丽塔说："这话肯定是大人想出来的。"

"对，肯定是这样。"拉尔斯说。

我们在矮墙上走了很长一段路，真是好玩极了，于是我决定，永远不再在路上走了。

可是，第二天我们去学校参加考试，却不能在矮墙上走了，因为我们都穿了自认为最好的衣服。我穿的是一件红点子的新连衫裙，布丽塔和安娜穿的是下摆有绣了花边的蓝色连衫裙，我们头上还都系着新彩带，脚上都穿着新鞋。

教室里已经坐有许多家长了，他们在听孩子们回答问题。问我的问题我都回答出来了。可皮普说却七乘七是五十六。这时候拉尔斯转过头来，狠狠地瞪着他，皮普连忙改口说："不对，当然不对，应该是四十六。"其实应该是四十九才对。虽然我们班还没有开始学乘法表，可我早就知道了，我是经常听别的孩子背来背去时记住的。整个学校总共只有 23 个学生。因此我们全在一个教室里上课。等我们会唱的歌都唱完时，老师对我们说："再见，同学们。祝你们过一个快快活活的暑假。"

这时候我感到我的心都禁不住蹦出来了。我们比莱尔比村的孩子都得到了很不错的成绩。在回家的路上我们还把成绩拿出来互相比较。皮普的成绩不算特别好，不过已经算是不错的了。傍晚时分，我们在路边玩圆场棒球。忽然球滚到旁边的矮树丛里去了，我就跑去找球。可是你们猜猜看，我发现什么了！就在那矮树丛底下，我看到了 11 个鸡蛋。我多么高兴啊！我家有只母鸡实在倔强，就是不肯把蛋下在鸡笼里，而是全下到外面去了。拉尔斯、皮普和我为了找它下的蛋，真不知花了多少工夫。可它的脾气仍然那么倔，一直在外面下蛋,还不让我们看到它上哪儿去下,因此我们一直没找到它的蛋。妈妈说,谁能找到母鸡的一个蛋,她就给谁一分钱。现在,我一下子竟然找到了11个蛋。不过我没找到要找的球。

"我们就用鸡蛋当球打吧。"拉尔斯说:"呵呵,这下子我们整个比莱尔比村就都是蛋饼了。"

我可没有把蛋给他当球打,我用裙子把11个蛋兜着拿回家去交给妈妈,她给了我11分钱。我分给两个哥哥7分钱,一人3分半,剩下来的4分钱我放到自己的存钱盒里了。我还用小锁锁上盒子。然后把小钥匙一直挂到大柜的最里头。

后来,安娜找到了球,我们就又玩了好大一会儿。这天晚上我们比平时上床晚很多,不过没关系,因为暑假开始了,在暑假的第一天,我们爱睡到什么时候就可以睡到什么时候。

第六章 萝卜和小猫咪

　　后来,我存钱盒里的钱慢慢多了,因为我在萝卜地里帮大人拔掉太密的萝卜。这种活,我们小孩子一向都帮着大人干的。不过,原来是孩子只帮着拔自己庄的萝卜:拉尔斯、皮普和我就只拔中庄的,布丽塔和安娜只拔她们北庄的,奥利只拔他的南庄的。但是现在,我们大家一起干。拔完一行,大人们就给我们一行的奖金——行长的多给些,行短的就少给些。

　　我们穿着粗布袋做成的围裙,这样我们跪在地上时就不会弄痛膝盖。布丽塔、安娜和我在头上还裹着头巾,妈妈笑着说我们都像小老太婆了。

　　我们带了整整一搪瓷桶的柠檬水,以备渴了喝。而真正有趣的是渴的时候我们都同时渴。怎么办呢? 我们就把麦秆切成长管子,一头放在桶里,我们围着搪瓷桶,跪在地上吸着麦秆管。用麦管吸柠檬水真好玩,我们喝啊喝啊,边喝边做鬼脸,一桶柠檬水一下子全都喝光了。拉尔斯就提起桶,跑到旁边果园的水井边给我们又打来一桶水,我们衔着麦管又开始喝起来。吸水也一样好玩极了,当然,水的味道和柠檬水是没法比的。

比莱尔比村的孩子

最后，奥利喝得仰面躺在地上，他说："你们听听我的肚子，它咕咚咕咚直响。"他肚子里的水太多了，我们全都偎过去，他一动肚子真的就咕咚咕咚地响起来。

我们一面拔着萝卜一面说个没完，大家就讲故事。拉尔斯给我们讲鬼的故事，可在大白天，讲鬼故事一点也不可怕。

第一天拔萝卜时大家都拔得十分有劲，第二天就差劲了。可我们还得干，一直要把太密的萝卜都拔掉才行。干活后不久，拉尔斯忽然跟奥利说："佩特鲁斯卡，萨尔多，崩崩。"

奥利答道："科利芬克，科利芬克。"

皮普接过话茬说："莫伊西，多伊西，菲利崩，阿拉拉特。"

我们问他们说什么，拉尔斯说这是他们之间的一种暗语，只有男孩子懂，女孩子要懂太难了。

"哼，"我们说："你们自己也不懂！"

"我们当然懂，"拉尔斯说："我先说的是：'今天天气好。'皮普后来说的是：'咱们说的话这几个女孩子听不懂，真是太棒了。'"

接着他们就叽哩咕噜地讲暗语，唠叨了半天才说完。最后布丽塔说，我们也说暗语，只有我们女孩子才懂的。我们就说起暗语来，三个女孩子跪在萝卜地上讲了整整一个早晨。我听不出两种暗语有什么不同，可拉尔斯说我们的话根本就不是话。他说他们的话就好得多，因为有点俄语的味道。

"科利芬克，科利芬克。"奥利又说了一遍。我们这时已经听得懂一点男孩子的话了，知道这话的意思是"当然，当然"。从此以后，我们三个女孩把奥利就叫"奥利·科利芬克"。

一天下午，我们仍在拔萝卜，休息的时候，大家在一堆粗布袋上坐下来，刚要喝巧克力、吃夹肉面包时，天忽然就黑了，来了一场怕人的大雷雨，还夹着冰雹。冰雹劈里啪拉下得那么厉害，地上一会儿就积了厚厚一层，像下了雪似的。"咱们快跑到克丽丝蒂娜大娘家去躲躲。"拉尔斯说。我们就都向不远处的克丽丝蒂娜大娘的那座红色小村舍跑去。幸亏克丽丝蒂娜大娘在家。她已经很老了,看起来很像奶奶,十分慈祥。她家我已经去过许多次了。

"唉呀,"她大吃一惊,举起两只手说:"你们这几个可怜娃儿,快进屋里暖和暖和。"

老大娘在壁炉里生了一大堆火,让我们脱掉所有的湿衣服,围在火炉前面把脚烤暖和。接着她就用煎锅在火上给我们煎煎饼。火上有个三脚架,架上放着个咖啡壶,老大娘就在壶里给我们煮咖啡。

老大娘家有3只大猫,其中1只刚生了小猫咪。小猫咪们躺在篮子里咪呜咪呜地叫唤,看上去真可爱。一共有4只小猫咪,克丽丝蒂娜老大娘说,她打算留1只,其他3只全得送掉,要是不送掉,她的屋里就都给猫们占了,她就会连待的地方也没有了。

"噢,能送给我们吗?"安娜高兴地叫起来。老大娘说当然可以,只是我们一下子带3只小猫回家,她不知道我们的妈妈会不会不高兴。

"小猫咪谁都喜欢的。"布丽塔说。

于是我们向老大娘求了又求,说肯定没问题——至少我们可以试试看。而且3只小猫咪正好够分。北庄1只,中庄1只,南庄1只。拉尔斯挑了1只身上有斑纹、脑门上有个白点儿的小猫咪。布丽塔和安娜挑了只白的,奥利挑了只黑的。我们的衣服都烘干了,就带了小猫咪各自回家。我很欣慰,因为猫妈妈还有一只小猫咪——要不,它就连一个孩子也没有了,那它该多难过啊。我和哥哥们把小猫咪叫咪咪。布丽塔和安娜把她们的那只叫萨咪,奥利的那只叫马尔康。我们要养小猫咪,妈妈们都不反对,于是我们都有小猫咪了。

一天,我和咪咪玩了半天。我用绳子拴着一个纸团,拉着纸团转圈跑,咪咪就跟在我后面,想抓住那个纸团,可好玩儿了。拉尔斯和皮普刚开始也都跟它玩,可是不久就玩腻了,结果就得由我照顾咪咪了。咪咪在厨房里喝浅碟子盛的牛奶。它并不像人那么喝奶,而是伸出粉

比莱尔比村的孩子

19

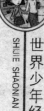

红色的小舌头,一下一下地舔。

我找了个篮子给它当床,里面铺得软软的,它躺着很舒服。有时候,我们就让咪咪、萨咪和马尔康在草地上一起玩。它们毕竟是兄弟,当然想要经常聚一聚。

我拔萝卜一共挣到了九毛钱,全都放到存钱盒里了,因为我要攒钱,准备自己买一辆红色的小自行车。

第七章　奥利的狗是怎么弄到手的

　　奥利家就他一个孩子，不过他有一只叫斯威普的狗。当然，他还有马尔康。他告诉过我们，这只狗是怎么弄到手的，我这就来一五一十地告诉大家。

　　在比莱尔比村和另一个大村子中间，住着一位鞋匠，他叫好先生。他虽然叫好先生，可实在是一点儿也不好。别人让他补鞋，到了约定的日子去取，他没有一次是准时修好的。这一次没补好又答应改天去取，可下次去了，还是没补好。

　　斯威普原是好先生的狗，可他待斯威普太坏了。这样一来，斯威普就成了周围最凶的狗。它几乎总是被拴在狗窝那里。有人来找好先生，它总会扑上去汪汪大叫。我们都很怕这只狗，从来不敢靠近它。我们也怕好先生，因为他老是气呼呼的，他总是说："小孩子没有不淘气的，要天天揍才行。"斯威普虽然是条狗，可也老挨好先生的揍。说不定好先生认为狗也该天天揍吧。要是哪天好先生喝啤酒喝多了，他就会忘了喂斯威普。

　　在斯威普还是好先生的狗的时候，我认为它实在是只难看的恶狗。它不但脏得要命，还整天很凶地汪汪叫。但如今我认为它已经是只漂亮的好狗了，这都得归功于奥利，因为奥利就是个大好人。事情

比莱尔比村的孩子

21

的经过是这样的。

有一天，奥利拿着鞋到好先生那儿去补，斯威普像往常一样从它的窝里冲出来，样子很凶地汪汪乱叫，奥利停下来同它说话，叫它"乖小狗"，叫它不要汪汪乱叫。起初，奥利跟斯威普说话的时候，都站得离它远点儿，斯威普肯定够不到他。不过斯威普照旧凶巴巴的，根本不懂什么叫"乖小狗"。

等到去取鞋的时候，奥利给斯威普带去了一根肉骨头。斯威普依然很凶地朝他汪汪大叫，可它太饿了，马上就啃起那块骨头来。不过它啃骨头的时候，奥利依然离它远远地站着，又说斯威普是只乖小狗。

奥利为了拿到那双鞋，自然去找了好先生许多次，每次去都给小狗斯威普带点好吃的。终于有一天，斯威普不再对奥利很凶地叫了，而是像所有的狗看到它们喜欢的主人那样摇着尾巴汪汪叫了。到这时候，奥利才小心地走到斯威普身边，斯威普马上就亲热地舔他的两只手。

后来有一天，好先生不知怎么摔了一跤，把一条腿摔坏了。他再也没法管斯威普了，可是奥利很关心它。他就去见好先生，问好先生能不能让他照顾小狗，直到好先生的腿伤好一点儿为止。奥利怎么敢去问好先生呢，我实在搞不懂！可是好先生对奥利说："你一靠近它，它就要咬破你的喉咙——不信你就试试看！"

奥利走出了好先生的屋子，他走到小狗身边，拍拍它的头。这些鞋匠从窗口都看见了。他说可以让奥利照顾小狗，奥利可高兴了。奥利把狗窝打扫得干干净净，又铺上新的干草，还洗干净了盛水的狗碗，又倒进洁净的清水，当然，奥利也给了斯威普许多吃的。吃完了东西，奥利又开始带它去溜弯，甚至一直把它带到我们比莱尔比村子里来。

斯威普蹦蹦跳跳地，高兴得汪汪直叫，因为它被拴得太久，实在苦死了。好先生腿没好的那些日子里，奥利每天都把斯威普带出狗窝跑跑溜溜。我们也跟他们一起跑，可斯威普最爱奥利，如果有人跑到奥利的前面去，它就要向那个人汪汪大叫。

等到好先生的腿一好，他就对奥利说："现在胡闹够了。斯威普是我买来当看家狗用的，它就应该做一条看家狗。它得住在狗窝里，而不该到处溜达。"斯威普又回到了好先生身边。很快，奥利去看斯威普，它本以为又要跟平常一样跑出去溜达，一见奥利就摇头摆尾，蹦蹦跳跳，还大声地汪汪汪直叫。可是奥利并没有带它走，它就苦恼地叫了。它的声音听起来很伤心，奥利自己也很难过，直到有一天奥利的爸爸去看好先生，让好先生答应把斯威普卖给他。奥利爸爸把斯威普带回家来，斯威普就成了奥利的狗了。

我们比莱尔比村的孩子都跑来了，看着奥利在门外给斯威普洗澡。奥利让我们也帮点儿忙，我们就一起加入进来。等到小狗洗完澡，毛干了，奥利把它的毛梳理好，嘿，它简直变成了最可爱的小狗了。它每天晚上都睡在奥利的床底下。我们一放学回家，斯威普就马上跑来迎接奥利，还给他叼书包。

第八章　老爷爷

　　自己有只动物实在是很有意思的事。我也很想拥有一只狗，可是我没有。其实，我们比莱尔比村动物多的是：马啊，大牛小牛啊，猪啊，羊啊。还有我妈妈养的鸡特别多，大家把我们家叫作养鸡场了。妈妈把我家鸡蛋和小鸡卖到全国各地去。

　　可是这些动物都不能说是我的，根本不像说斯威普是奥利的那样。不过我有不少兔子，它们倒的确是我的。它们住在我爸爸做的兔箱里，我每天都要去给它们喂青草和草叶子。到了冬天，我就得把兔箱搬到谷仓里去。我的兔子已经生了许多小兔子，也卖给了奥利不少。皮普也有过一只兔子，可后来他养腻烦了。唉，他不管什么东西，日子长了都会腻烦，不过有一样东西他一直保有热情，那就是他的那些鸟蛋。

　　我家花园里有棵大树，大家管它叫"猫头鹰树"，因为树上面住着猫头鹰。有一天，皮普爬上这棵树，从猫头鹰的窝里拿下了一个蛋。窝里共有四个蛋，拿走一个还剩三个。皮普吹吹这个蛋，放到抽屉里，让它和他收藏的别的鸟蛋在一起。他忽然想跟猫头鹰开个玩笑，就重新爬到树上，把一个鸡蛋放在窝里，充当他拿走的那个猫头鹰蛋。这些蛋猫头鹰根本分辨不出来。它就继续孵它的蛋。结果有一天，窝里出来了三只小猫头鹰和一只小鸡。

我想，猫头鹰妈妈看着它的其中一只小猫头鹰竟是个黄色小毛球，肯定是好奇极了。

皮普害怕猫头鹰会对小鸡不利，就又偷偷地把小鸡拿下来了。

"它毕竟是我的小鸡！"他说。

皮普在小鸡的一条腿上扎上一根红丝带，好一眼就认出它，然后把它放到妈妈那些小鸡里面。他把这只小鸡叫阿尔贝特，可等它长大一点，却发现原来是只小母鸡。阿尔贝特这个男人的名字就用不上了，皮普于是又给它改了个女人的名字，叫阿尔贝蒂娜。现在，阿尔贝蒂娜已经是只会下蛋的大母鸡了，皮普一吃鸡蛋就会说："这个鸡蛋，我想该是阿尔贝蒂娜下给我吃的吧！"阿尔贝蒂娜爱飞来飞去，比其他母鸡更爱拍翅膀。皮普说，这可能是因为它是猫头鹰孵出的缘故。皮普甚至认为阿尔贝蒂娜也会飞。

有一回，拉尔斯也想养一种自己的动物。他就在猪圈里安了三个捕鼠笼子，捉到了 16 只田鼠。拉尔斯把它们关在一个桶里，然后画了张大广告，上面写着"比莱尔比村田鼠饲养场"，他把它贴在桶上。可谁知到晚上，桶里的田鼠全都逃跑了，拉尔斯田鼠饲养场也就只好关门了。

"你要一个田鼠饲养场干什么呀？"布丽塔问他，"田鼠又不会下蛋。"

"我只是觉得好玩儿。"拉尔斯一脸不悦地说。田鼠都跑掉了，他本来就一肚子气。

布丽塔和安娜虽然没有她们自己的狗，或者兔子，也没有其他动物，可她们有个老爷爷。那位老爷爷可是天下第一和气的老人，这一点我绝对可以保证。我们都喊他老爷爷，尽管他并不是我们的老爷爷，而是布丽塔和安娜的老爷爷，他住在北庄顶楼上的那个房间里。

那个房间很好,再加上老爷爷又那么和气,我们没事时都爱上那儿去玩。老爷爷总是坐在一张摇椅上。他长着一大把雪白的长胡子,就跟圣诞老人的长胡子一模一样。他眼睛很不好,简直看不见东西。所以没法读书看报,可是书上写的东西他差不多全都知道。他常给我们讲故事,说他小时候的比莱尔比村是怎么个样子。

布丽塔、安娜和我经常读报给他听,告诉他谁死了,谁过五十岁生日了,我们把报上的新闻和通告读给他听。只要听到报上说什么地方发生雷击的事,老爷爷就告诉我们至少20个地方以前遭过雷击的情形。我们只要读到有人被公牛追赶的事,老爷爷就说他知道有多少人曾被狂怒的公牛追赶过。

因此,给老爷爷读报得花费我们很多时间。虽然男孩子们有时候也给老爷爷读报,可他还是最喜欢布丽塔、安娜和我给他读,因为男孩子读报总是不用心,许多什么人过生日、什么人逝世、什么人结婚等消息总会给漏掉。

老爷爷的大柜子里有一箱工具,还经常借给男孩子们用。他虽然看不清楚,可还能帮男孩子们雕刻小船什么的。男孩子们想做小铅兵,也会到老爷爷这儿来,可以在他的炉子上熔铅。

老爷爷的柜里还总会有那么一盒苹果,我并不是说一年四季都有,反正有苹果的季节里那儿总是有,所以,我们每次去看他,他总给我们一人一个苹果。我们要是到大村去,他就会托我们帮他买咳嗽糖。他房间角落的柜子里,有老大一袋这种咳嗽糖。因此,他不但经常给我们苹果,还会给我们咳嗽糖。

老爷爷的窗台上还放着好几盆秋海棠。虽然他几乎盲了,可是却把这些花养得很好。他常常会跟那些花唠唠叨叨地说上半天话。老爷爷房间的墙上还贴着些很有趣的图画。其中有两幅我非常喜欢。一幅是圣经里约拿在鲸鱼肚子里,一幅是一条大蛇跑出了动物园,正把一个人缠死。这两幅画也许不怎么漂亮,可是给我的印象很深刻。

天气好的时候，老爷爷时常会走出屋子散步。他用一根拐杖探路。夏天他经常坐在北庄那棵大树底下，在阴凉里坐下来，忽然就会轻轻说一声："啊，真好，真好！"我们问他说什么"真好，真好"，他就说他想起了自己年轻的日子。我想，那一定是很久很久以前了。

　　我们有一位这样的老爷爷，可真是太好了！

第九章　男孩子们的秘密露了馅

等我们把太密的萝卜都拔完,收干草的时候就要来了。

"今年,不许任何孩子上干草堆,把干草都踩坏了。"爸爸说。他这句话虽然年年都说,可谁也不相信爸爸说这话是真的。我们一天天地坐着装干草的大车在乡间来来去去,在谷仓里的干草垛上蹦蹦跳跳。一天,拉尔斯让我们比赛,看谁敢跳得最高——当然是从上面往下跳,而不是从下面往上跳。我们就爬到谷仓屋顶下面那些梁柱上,然后,往下面的干草堆上跳。天哪,干草弄得人好痒啊!

拉尔斯说谁跳得高就奖他一块硬糖。这天他去大村的铺子里帮妈妈买酵母,就顺便买了这块糖。我们一个接一个爬上去然后往下跳,接着爬得更高,重新再跳——爬得一次比一次高,人人都想赢。最后拉尔斯爬上最高的那一根梁,往下面干草垛上一跳。他"蓬"地一声落下去,躺着好半天一动也不动。我们一下子都以为他再也不会动了。后来他告诉我们说,他觉得他的心落到了肚子里,一辈子就想待在那里了。别人都不敢这样跳,于是拉尔斯把那块硬糖塞进了自己的嘴里,叫道:"奖给拉尔斯,因为他跳干草跳得最高!"

有一天,布丽塔、安娜和我坐在装干草的大车上,看见我们的那块地的远远一头,有一堆石块上长着一大片野草莓,长着那么多的草莓,我们从来都没见过！我们三个决定，永远永远不把这块地方告诉任何人，男孩子也好，不管是谁也好，我们都不告诉。

我们采了一些草莓，还把它们穿在干草上，我们整整穿了 13 串。晚上，我们拌上沙糖和奶油一起吃草莓。还让拉尔斯、皮普和奥利他们吃了一两个，尝尝鲜，他们也想知道这些草莓是从哪儿采到的，我们就说："我们永远不会告诉你们。这是我们的秘密！"

接下来，布丽塔、安娜和我不再管干草的事了，专门去找长草莓的地方，足足找了好几天。我们找到的草莓真是太多了，有一天，我们告诉男孩子们，长草莓的地方我们整整找到了 7 处，可我们就是不告诉他们，因为这是秘密。奥利听了就说："哼，比起我们的秘密来，你们的秘密一点儿也不稀奇！"

"你们能有什么秘密？"布丽塔问。

"别告诉她们，拉尔斯。"奥利说。

可是拉尔斯说："可以告诉，为什么不告诉！这样她们就知道，我们的秘密可不是那种平淡无奇的玩意儿。"

"那你说说，到底是什么秘密？"我们几个一起问他。

"你们想知道吗？那我就告诉你们吧：我们在干草堆里打通了九个洞。"拉尔斯说。

"可我们不告诉你们这些洞口在哪儿。"皮普用一条腿跳着说。

"放心，我们很快就会找到它们的。"我们说着，就奔到干草堆那儿去找。可找了一天、两天，我们还是没找到。

男孩子们很得意，拉尔斯说："你们永远找不到的！第一，你们没地图，第二，标明洞口位置的地图你们也别想找到。""什么地图？"我们问。

"是我们画的，"拉尔斯说："可我们把地图藏好了。"于是我们三个女孩不再去找那些洞，转而去找地图了。我们想，这幅地图肯定在中庄的什么地方，因为我们断定，拉尔斯不可能把它藏到别的地方。我们在哥哥们的房间里找了好长时间，床上、抽屉里、大柜里等地方找了一遍又一遍,仍然毫无收获。接着,我们对拉尔斯说:"你至少可以提示一下,它是鸟呢,还是鱼什么呢?"

三个男孩子哈哈大笑,笑完了又笑。最后拉尔斯说:"是鸟!你们完全可以把它叫作鸟!"

接着他们相互眨了眨眼,很神秘的样子。我们接着找,甚至用灯照着,看看天花板连接的地方和墙纸的后面,因为我们想,既然他们说的是"鸟",那肯定是在高处。后来拉尔斯说:"你们这些小丫头,还是干脆死了这条心吧,地图你们是永远找不到的。"

于是我们不再伤脑筋去找什么地图了。第二天,下起了雨,我想向奥利借那本《一千零一夜的故事》,明天待在家里看看书。拉尔斯和皮普出去了,我就走进他们的房间,想从大树上爬到奥利那边的房间里去。

那棵大树上从前住过一只鸟,树干上还有它一个做过窝的洞。它现在已不在这儿住了。当我爬过这个鸟窝的时候,忽然看见里面露出一根绳子。

"鸟要绳子干什么呀?"我就把它拉了出来。可绳子另一头绑有一团纸,哇塞——你相信不——这就是地图!我又惊又喜,差点高兴得从树上掉下去了。于是我把向奥利借书的事抛到脑后去了,重新爬回哥哥们的房间,然后拼命似的奔到布丽塔和安娜家。我跑得太急了,在上楼梯时不小心绊了一跤,"蓬"地一声,把膝盖都碰疼了。

布丽塔和安娜听说我发现了地图,跟我一样高兴!我们立即奔到干草堆那儿,对着地图,不大一会儿就把所有的洞口都找到了。男孩子们在一堆堆干草之间挖出了很长的通道,全都在地图上标着。通道里漆黑一团,周围全是干草,爬过这些通道还是挺吓人的,里面黑黑的,什么也看不见。你禁不住要想:"万一再也爬不出去可怎么办!"我们很怕,可是都很过瘾。最后当然是爬出来了。

也只是通道里是黑的,几个洞都很亮堂,因为它们全都靠近草堆外壁,光线可以从干草之间透进来。这些洞真是又大又舒服——男孩子们挖这些洞,肯定花了很大工夫。从地图上看,通往最后一个洞的过道特别长。我们开始爬这个通道,我爬第一,布丽塔爬第二,安娜在末尾爬了好久,我们简直以为它没有尽头了。

"我断定我们是进了迷宫了,永远也爬不到头了。"布丽塔说。

可就在这时候,我看见前面越来越亮,最后一个洞到了,而且,那儿正坐着拉尔斯、皮普和奥利。他们根本没想到,忽然看见我们,他们都大吃一惊。

"你们是怎么找到这儿来的?"拉尔斯睁大着眼睛问。

"当然是找到地图了,"我说,"地图一点儿都不难找。你们藏的地方太容易找了!"

拉尔斯一下子泄了气。他想了一会儿,说道:"好吧!你们这些小丫头可以进洞来跟我们一起玩!"于是我们在这些洞里钻进钻出,玩了一下午,反正外面在下雨,在这里很好玩。

第二天,拉尔斯说:"好了,你们知道了我们的秘密,公平交易,你们应该把所有那些长草莓的地方也告诉我们。"

"你倒说得好,"我们说,"你们得自己找到它们,就像我们找到你们那些洞那样。"

为了让他们找得容易些,我们在地上放了一个个木箭头。箭头虽然远远地放一个,找到它们需要花不少工夫,可男孩子们最终还是找到了。不过草莓最多的那个地方,我们可没放什么箭头。这地方是我们女孩子的秘密,我们是永远永远不会告诉任何人的。

第十章　我们在谷仓里过夜

一天,皮普对我说:"今天晚上,拉尔斯和我要在谷仓里过夜,就睡在干草堆的顶上。奥利的爸爸妈妈要是答应,他也可以去那儿睡。"

"只有无家可归的人才睡在干草里。"我说。

"不对,干草堆谁都能睡,"皮普说,"我们问过妈妈了,她答应让我们睡在那里。"

我赶紧跑去把这个消息告诉了布丽塔和安娜。

"那我们也睡到谷仓里去,"她们说,"丽莎,你也过来吧。"就这样说定了。这是件多好玩的事啊。只是有一点让人不痛快,就是先想出这个好主意的是男孩子而不是我们。我马上跑回家问妈妈,我可不可以也睡到谷仓那里去。妈妈说:"小姑娘不该睡在谷仓里。"我说:"男孩子都可以自娱自乐,小姑娘为什么就不可以?"妈妈也就点头答应了。我们好不容易等到天黑。拉尔斯说:"你们小姑娘也要睡到干草里?你们怎么敢呀!要是有鬼可怎么办!"

"我们当然敢。"我们说。我们还自己做了夹肉面包带去。以免半夜里肚子饿起来。男孩子们看见我们这么做,他们也做了夹肉面包。

晚上八点钟时,我们就一起到谷仓去了。男孩子们去中庄的谷仓里,而我们则到北庄的谷仓里。我们每人带了一条粗毯子。奥利还把斯威普也给带去了。奥利有只狗真幸运！"明儿见，小流浪人。"爸爸对我们说。妈妈接着加了一句："我想你们明天早晨会来向我买牛奶的。流浪人都是这样。"

当我们跟男孩子们说明天见的时候，拉尔斯说："好好睡吧！要是你们睡得着的话！不过，去年我们可在那谷仓里发现了一条小毒蛇。说不定今年还会有。"皮普补上一句："小毒蛇也许有，也许没有！可田鼠却不少。你们肯定会受不了的！""可怜的小朋友，"我们对男孩子们说，"你们连田鼠都害怕吗？要是这样，你们还是回家睡到自己的床上去吧。"说着，我们就带着毯子和夹肉面包走了。外面还挺亮，可谷仓里几乎已经黑了。"让我睡在中间。"我嚷嚷说。

于是我们安顿好，在干草上躺下来。这里气味真是好极了，虽然干草有些螫人，可毯子一裹，就真正是舒服极了。我们躺在干草里聊天，想象着真正的流浪人睡在谷仓里是什么滋味。安娜说："想来应该不坏。"我们一点儿也不想睡，只觉得肚子饿，于是趁着还没黑得看不见，就吃起夹肉面包来。很快四周就黑得伸手不见五指了。我很高兴我能睡在布丽塔和安娜两个人中间。

不一会儿，干草沙沙响起来，听着非常可怕。布丽塔和安娜两个越来越紧地往我身边挤。

"要是有个真正的流浪人今夜要睡到这儿来，那可怎么办？"布丽塔小声说："我是说……他也不问一声行不行就进来了。"我们一声不响地躺着，正想着这件事，忽然我们猛地听见一声尖叫。听着就像几千只鬼同时叫起来。我们当时没有被吓死，倒也是一件怪事。可我们真的没有被吓死，只是，嗨，我们3个是怎样地哇哇大叫，而拉尔斯、皮普和奥利是怎样地哈哈大笑的！原来刚才尖声大叫的正是这几个男孩子，弄得干草沙沙响的也是他们——那是他们偷偷在向我们爬过来。布丽塔说这样会吓出病来的，因为血管里的血会凝结住。她说她要去告诉她妈妈。

"噢，开开玩笑罢了！"拉尔斯说。

皮普说："别搬弄是非，别搬弄是非！"安娜嚷嚷说，她觉得自己血管里的血已经有点凝结了。不过一会儿，我们就平静下来，不再害怕了。最后，男孩子们都回到中庄谷仓去了。我们就开始商量，要不我们也溜过去吓唬吓唬他们。不过我们实在太困了，决定还是算了吧。

我们是被北庄的大公鸡叫醒的，再有就是觉得真是冷坏了。噢，多么冷啊！我们几个一个劲儿地哆嗦。也不知道这是什么时间了，不过我们想，大概该起床了吧。我们刚出谷仓，就看见三个男孩子也从中庄的谷仓出来了。他们同样也冷得直发抖。

我们都跑进厨房去暖和身子。你们知道，原来这时候还早得很，才四点半，没有一个人醒来。不过阿格达的闹钟一会儿就响了，因为她要去挤牛奶。她让我们喝碗热牛奶，吃小面包。味道真好啊！

接着我上了楼，爬上了自己的床，我觉得还得再睡一会儿。发明床的人一定是绝顶聪明的，因为躺在床上的感觉，比躺在干草上真是舒服多了。

第十一章 安娜和我决定出走

　　在比莱尔比村的孩子当中，我觉得我跟安娜最合得来。我们经常扮各种各样的人玩，这只有她和我两个人会。有时候我们扮两位太太互相串门。安娜把自己叫作本松太太，而我把自己叫作拉尔松太太。安娜一当了本松太太，样子就一本正经了，说话的腔调也高雅了。当然当了拉尔松太太的我，讲起话来自然也是很高雅的。有时候我们装作本松太太和拉尔松太太吵架。这时候安娜就说："拉尔松太太，你最好把你这些可怕的孩子带回家去！"她指的是我那些洋娃娃。我回答说："哼，我才不呐，本松太太，可怕的是你的那些孩子！"

　　不过，我们很快又和好了，又装作一起去铺子买缎子、呢绒和糖果。我们还有一些玩时用的钱，那是我们在楼上老爷爷那里玩的时候自己做的。我们总是怕拉尔斯他们听见我们扮这扮那时说的话，因为他们只会取笑我们。老爷爷听见可没关系，因为他有时候也扮这个装那个的，我们还可以用这些钱向他买东西。

　　下雨的时候，安娜和我常去和老爷爷坐在一起，念报给他听。老爷爷很小的时候就死了父母，只好跟着别人一起过，这家人待他很不好。他很小就得干重活，还常常挨打，也吃不饱肚子，最后他实在受不

比莱尔比村的孩子

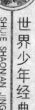

了了,就自己逃了出来。后来遇到好心人把他收留下来,在有人收留他之前,你真难以想象他有多少惊心动魄的遭遇。

一天下雨,安娜和我又跟老爷爷坐在一起。念完了报,安娜说:"老爷爷,给我们讲讲你是什么时候逃出来的吧。"

"天呐,天呐,"老爷爷说,"你们都听过多少次啦。"我们反复求他,直到最后他又跟我们讲了一遍。接着安娜说:"逃走一定很有趣。我很想自己也逃走一下。"

"对是对,不过你得先遇到一些很凶的人虐待你,你才能从他们那儿逃走。"我说。

"根本用不着,"安娜说:"因为什么事都可以逃走。只逃走一会儿! 然后又回家。"

"好,那咱们也逃走一次试试看。"我说。

"老爷爷,你看呢?"安娜说,"你认为我们可以这样做吗?"老爷爷说当然可以,只逃出去一会儿没什么关系。于是我们就决定离家出走。当然,要出走就得在夜里,而且不能让人知道。我们请求老爷爷跟谁也别说。老爷爷答应了。我一直认为夜里不睡觉是最困难的事,因此我想不出我怎么才能让自己一直醒着,一直醒到逃走的时候。

"你可以先睡!"安娜说:"你只要在大脚趾头上绑一根绳子,把绳子那一头耷拉在窗外,到时候,我就来拉绳子把你叫醒。"安娜说,她要掰一大堆树枝放在她的床上,这样她就可以醒着,因为躺在树枝上肯定不舒服,自然也就睡不着。

接着我们问老爷爷,出走时该带些什么东西。老爷爷说要是有吃的,最好带一点,还可以带一点钱。我们想当夜就出走,于是就分头忙着去准备。我去问妈妈可不可以给我点夹肉面包,她问:"怎么,你才吃完晚饭,已经饿了吗?"我当然不能告诉妈妈我为什么要夹肉面包,因此我没再做声。我从拔萝卜挣来的钱当中拿了几毛钱,藏在我的枕头下面。然后我找来一根长绳子,准备用来绑我的大脚趾头。晚上,我们玩圆场棒球。到了该睡觉的时候,安娜和我眨了眨眼,轻轻地说了一声:"十点半!"

我跟爸爸和妈妈说明儿见的时候,我把他们抱得很紧很紧,因为我想,我要有很长时间看不到他们了。妈妈说:"明天你得和我采红茶藨子去。"我听了很为妈妈难过,因为到明天,她就会少了一个小帮手了。

我上到我的房间,用绳子绑好了大脚趾头,再把绳子另一头扔到窗外。然后我就躺在床上,想先好好睡一觉,这样到逃走的时候就不会太困了。平时,我只要脑袋一挨到枕头就睡着了,可今天晚上我怎么也睡不着。我拼命想睡着,可我每次在床上一转身,绳子就勒紧我的大脚趾头。于是我开始想,妈妈明天早晨进来,看见我的床空了,她会说什么呢。我很为她难过,就哭起来了,我哭啊哭啊,哭了很久很久。忽然,我醒来了,觉得大脚趾头很特别,先还不明白是怎么回事,可后来想起来了。是安娜在拉绳子。"来了,安娜,我来了。"我心里叫着,马上跳下床,跑到窗口。谁知外面已经大亮了,窗下站着的是拉尔斯,他正在好奇地拉绳子。我快气疯了。

"喂,喂,"我朝他叫道,"快住手!"

"为什么?"拉尔斯奇怪地问。

"因为绳子绑着我的大脚趾头呢。"我尖声叫道。拉尔斯笑坏了,就听他说:"这根钓鱼线钓到的鱼,比我想象的真有趣多了!"他问我干嘛把绳子绑住自己的脚趾头,我可没有告诉他。我一口气跑到北庄,心想也许安娜一个人离家出走了。布丽塔正坐在她家的台阶上逗小猫咪玩。

"安娜呢?"我问。

"还在睡觉呐。"布丽塔回答。我上楼去她们的房间,就见安娜正躺在床上打呼噜。我想用绳子也绑住她的大脚趾头,可是这时她醒了。"噢,"她说,"几点了?"

我告诉她已经是早晨八点多了，她好半天都一声不吭。最后她说："谁要是晚上失眠，就该让他睡在一大堆树枝上。你简直想象不出来，叫人睡在树枝上是多么困难。"接着，我们就一起上老爷爷那儿去给他念报。当我们走进他房间时，老爷爷抬起头来很奇怪地问："怎么！你们没有逃走？""下一回再说吧。"我们回答他。

第十二章　我们造了一间游戏室

　　拉尔斯、皮普和奥利整天早晨看不见人,也不知他们上哪儿去了。可我们并不在乎,因为我们也有我们自己的开心事。在南庄后面的围场里,有许多岩石和大石头,我们三个女孩常在那儿玩。有一天布丽塔提议说,我们应该在一个岩洞里造一间游戏室,布置得跟一个小房间一模一样。这主意真的是太妙了! 我们就共同造起了一间游戏室,这样可爱的游戏室在我的一生当中还是第一回看到。我向妈妈要了几块小布垫,她给我了。我们把它们铺在石头地上,这下子游戏室更像个房间了。

　　接着,我们又搬进去几个装沙糖用的木箱,将木箱侧过来放着,看着就像个柜子。另一个四方形木箱翻过来放在当中,当作桌子。布丽塔又向她妈妈借来一条方格子披巾做台布。

　　然后我们一人拿来一张小板凳,我还拿来一套粉红色咖啡餐具,安娜拿来了她的一个刻花的大口瓶,里面装着满满的果子汁,另外还有几个杯子。我们把全部东西都放进铺好纸的沙糖木箱上。又采了许多风铃草和牛眼菊,插在一个盛着清水的玻璃瓶里,再将花瓶放在桌子中间。现在看着真像一间屋子了。

　　阿格达那天烤面包,特意给我做了几个很小的面包。我们三个女

比菜尔比村的孩子

孩围着桌子坐下,用我的粉红色小咖啡杯喝了咖啡,然后吃了小面包,也喝了那瓶果子汁。

我们让布丽塔扮女主人,叫她安德松太太;我当她的帮手,叫阿格达;安娜当小孩。我们出去采来野山莓,用块白布隔住榨干汁水,把它当干酪。布丽塔,也就是安德松太太,对我说:"你怎么学不会好好做干酪呢,阿格达?"我说:"你那种老式干酪,你就自己做吧,安德松太太。"我刚说完这句话,就发现皮普的头发从一块大石头后面露出来。我对布丽塔和安娜说:"男孩子们向我们这儿爬过来了。"接着我们就一起叫:"我们看见你们了,你们还是出来吧。"

三个男孩从他们各自躲着的地方跳出来,他们也傻里傻气地学着我们的样子,尖叫着说:"安德松太太的老式干酪,你为什么不会做啊,阿格达!"

他们不让我们安静,我们玩不下去了。拉尔斯要玩圆场棒球,我们就跟他们去玩了。不过,拉尔斯到这时还是一个劲儿地说:"安德松太太,为什么不能跑得快一点儿啊?当心球,安德松太太。"

第十三章　围场里的牛人

第二天早晨，三个男孩一吃过早饭又不见了。布丽塔、安娜和我在游戏室里玩了半天以后，开始纳闷，这几个男孩子上哪儿去了呢？我们本来都没想过这件事，可这时候一下子想起，已经整整一个星期，除了晚上一起玩圆场棒球以外，很少看见他们。

"我们偷偷到他们那儿去。"布丽塔说。

"好，"安娜和我说，"我们一起去看看他们在干什么。"

到吃晚饭的时候，我们坐在门口台阶上仔细瞧着。拉尔斯忽然露脸了，不一会儿，皮普出现了，又过了一会儿，奥利也来了。可他们来的方向各不相同。

于是我们猜想，他们准是有了秘密。要不，他们应该同时从一个方向回来才对。我们把洋娃娃放在台阶上，这样男孩子们就不会想到我们是在侦察他们。我们玩着洋娃娃，并没跟男孩子们说话。接着我们全都各自进屋吃晚饭，一吃完饭我们又马上回到台阶上。

拉尔斯很快出来了，可我们并不去理会他。拉尔斯经过的时候，和咪咪玩了一会儿，然后他突然钻到屋角后面就不见了。我们赶紧奔上楼赶到我的房间，因为从那儿的窗口我们就可以看见他。只见拉尔斯回头小心地四面瞧瞧，接着一直穿过矮树丛，跳过我们的花园石墙

比菜尔比村的孩子

就不见了。紧跟着皮普就到了。他也非常小心地溜过来,跟拉尔斯在同一个方向不见了。

"留神!"布丽塔说,"奥利马上就要出现了。咱们先躲到矮树丛那里去!"我们下了楼,钻进矮树丛,悄悄地坐在那里。真的,奥利很快就急急忙忙地跟来了。他跑得离我们这么近,以至于我们一把就能把他抓住,可他没有看见我们。我们就偷偷地跟着他。我们的花园后面有个大大的果园,里面长满了核桃树、桧树以及各种长得很密的矮树丛。还有些大树。爸爸说他准备把所有的矮树砍掉,做个漂亮的放牛场。可我希望他不要这么干,因为这个地方玩捉迷藏再合适不过了。

我们偷偷在奥利后面跟了很长一段路,可他忽然钻进茂密的矮树丛里不见了。我们瞎找了半天也没能找到他的行踪。我们知道,这些男孩子肯定在围场里,可找了半天,就是找不到他们。

安娜说:"我有办法了!咱们把斯威普带来!它肯定很快就能找到奥利。"布丽塔和我都认为这个主意好,于是我们奔到南庄,请求奥利的妈妈,让她把斯威普借我们一会儿。

"当然可以。"她说。斯威普知道我们要带它出去溜达,高兴得连蹦带跳,汪汪大叫。

"斯威普,奥利在哪儿?带我们找他去。"我们跟它说。斯威普就开始在地上嗅来嗅去,我们跟着它走就行了。它带着我们笔直地穿过矮树丛,直接走进了围场。然后用惊人的速度穿过一些核桃树,一下子就带我们来到了奥利身边。奥利正站在那儿,旁边站着我的两个哥哥,他们的秘密曝光了!这秘密就是:他们在围场里造了间小屋子。

"我们找到你们了,我们找到你们了。"我们欢呼着叫道,他们却垂头丧气了。

"你们别想再瞒着我们了。"我们说,"你们的秘密已被我们发现了。"

"当然啰,竟然用一只警犬给你们带路。"拉尔斯说。斯威普直舔奥利的脸,发疯似地围着他团团转兜圈子。它自以为已出色地完成了任务。我们决定明天奖给它一大块肉骨头。

男孩子们造的屋子的确不错。他们绕着四棵树钉上木板,围成一个正方形,屋子的每一个角都有一棵树。然后他们又在四面插上桧树枝,拉尔斯说,这是因为他们没有足够多的木板做墙。他们在木板上面用木板条搭成屋顶,屋顶上已经铺上旧的粗毯了。

难怪我们找不到这间小屋子——它在矮树丛中间藏得实在太深了。

"我们允许女孩子们跟我们一起享有这间屋子吗?"拉尔斯问皮普和奥利,他们都同意了。我们就在这屋子里扮印第安人玩。拉尔斯任首领,叫猛豹,皮普叫快腿瞪羚,奥利叫飞鹰。我们把布丽塔叫咆哮狗熊,把安娜叫黄狼,把我叫狡猾狐狸。我本想叫个好听点的名字,可拉尔斯就是不同意。

我们的屋子里并没有火,可我们装作有火,大家围住火堆坐下,开始抽起和平烟斗来,其实只是些甘草。我咬了一丁点儿,感到味道还不错。

男孩子们已经做好了弓箭,他们也给我们做了三副。拉尔斯说围场另一头还有别的印第安人。他们叫牛人,又狡猾又危险,非得把他们消灭掉不可。于是我们拿起弓箭,可怕地哇哇乱叫着,穿过围场去打冲锋。

围场的另一头是我们的牛。拉尔斯说这些就是牛人。噢,这些牛人跑起来的样子多壮观啊!拉尔斯在牛人们后面学着印第安话大叫着,可是我不相信那些牛听得懂。

印第安人有个风俗,大家围着火坐在一起,抽和平烟斗,表示友好。

比莱尔比村的孩子

43

第十四章　暴风雪

　　要我给大家说说圣诞节前不久那场暴风雪吗？爸爸说，他已经记不起什么时候有过这样厉害的暴风雪了。从 12 月初起，我们每天都去上学，拉尔斯经常说："今年圣诞节肯定不会下雪，你们看着好了。"他每说一回我就忧愁一回，因为我盼望有一个遍地白雪的圣诞节。可是日子一天天过去，的确连一片小雪花也没飘过。已经到圣诞节的那个礼拜了，我们正坐在学校里做算术，皮普忽然叫了起来："快看！下雪了！"

　　可不是，下雪了。我们都高兴得叫起来。老师让我们站起来唱一首我们都会唱的歌，叫《冬天当真来到了》。等我们课间休息到操场的时候，地上已经盖着薄薄的一层白雪了。我们在雪地上踩出一个大 8 字形，然后在这数字上绕来绕去地跑，一边跑一边叫："好哇，好哇！"可拉尔斯说："要下的雪就只有这么一点儿了！"

　　可第二天上学的时候，雪已经下得我们只能一路排雪一路前进，但雪仍在下。拉尔斯又说："这是最后一场雪了，到过圣诞节的时候，雪肯定早都化完了。"

　　他根本就说错了。我们到了学校里，雪开始飘得更大了，下得窗外白茫茫一片，在很密的飞雪里我根本就看不到校园那边。雪下个没完,接着又刮起风了。又是刮风又是下雪,最后老师担心起来,说:"我真不知道你们几个比莱尔比村的孩子今天该怎么回家去。"

她问我们肯不肯跟她一起过夜,我们当然是求之不得,可我们也知道,我们不回家,家里人肯定会担心的。因此我们说,我们还是回家的好。于是,她不等天黑,就马上让我们回家。我们离开学校的时候是下午一点钟,哇,地上的雪已经那么厚了!还有,风刮得很凶!我们简直是弯着腰在走路。

"不下雪不下雪,这雪下了你怎么说?"布丽塔对拉尔斯生气地说。

"还没到圣诞节呢。"拉尔斯说,但是风太大了,我们好不容易才听出他在说什么。

我们走啊,走啊,走啊。大家互相把手紧紧拉住,以免丢人。雪已埋到我们的膝盖上了,我们想快点走也走不了。风迎面刮来,我们的脚趾头、手指头、鼻子都冻僵了。

我最后累得实在走不动了,就对拉尔斯说我得歇一会儿。

"怎么也不能歇。"拉尔斯说。安娜也累了,也想歇一会儿,可拉尔斯说,不能歇,歇下来是很危险的。安娜和我哭了起来,因为我们想,我们再也回不到比莱尔比村,也回不到家了。

我们就这样走着,路走了一半时。忽然,奥利说:"咱们先到鞋匠家去!他不会吃了我们的。"安娜和我说,就算鞋匠真要吃我们,我们也要上他家去。

风太大了,我们是被风刮进鞋匠家的门的。他看见我们当然并不怎么高兴。

"这种鬼天气,你们这些小鬼还在外面干什么!"他问。我们不敢回答。大家一声不响,脱下大衣,都坐下来看着他,他只管补他的鞋子。我们饿得慌,可我们都不敢说。

鞋匠给自己煮了咖啡,喝了,还吃了夹肉面包,可他什么也不问,更没给我们。这跟我们上回碰到大雷雨上克丽丝蒂娜老大娘家,实在是大不相同了。

比莱尔比村的孩子

45

傍晚时分，风雪总算都停了下来，可雪那么深，我们不能想象该怎样回到家里去。我多想在家和妈妈一起，并且舒舒服服地躺在床上啊。

忽然我们听见外面雪地上雪橇的铃铛声。我们都拥到窗口往外瞧，是爸爸驾着扫雪机来了。我们开了门向爸爸大叫，也不管鞋匠在身后不高兴地喊："别让冷气进来了！"

爸爸看见我们非常高兴，就大声说他还得把雪扫到村子那头，回来的时候再带我们回家。回家时他让安娜和我坐在扫雪机上，其他人都在后面跟着扫雪机走。扫雪机已经把路上的雪扫得干干净净了，走在上面一点儿也不费事了。

我们到家时，妈妈正站在厨房的窗口担心地张望着。我们一进家门，她马上给拉尔斯、皮普和我吃热气腾腾的肉丸子汤。我的的确确觉得，在这之前或者在这之后，我都没吃过这么好吃的东西了。我一气儿吃了三大盘。吃完之后我马上上床睡了，真是舒服极了。

妈妈说她有一个强烈的感觉，爸爸非驾扫雪机出去一趟不可，因为她断定，我们肯定是在路上什么地方耽搁了。真亏得妈妈有这样一种感觉，要不，说不定我们就得跟鞋匠在一起过一夜了。

第十五章　节日快到了

第二天，太阳把世界照得亮堂堂的，所有的树上都盖满了雪，白皑皑的真漂亮，这是圣诞节前最后一天上课了。我们老师说，她担心着我们回家路上遇险，一夜都没睡好。

因为是圣诞节前最后一天上课，她就给我们讲圣诞节的故事。这一天，样样都叫人觉得新鲜，就在我们准备要回家的时候，最难忘的一件事情发生了。

老师写信到首都斯德哥尔摩给我们定购了许多故事书。这学期的前些时候，老师给我们看了一张大书单，上面印着各种故事书里的漂亮插图。她让我们自己选购自己喜爱的书。我定了两本，拉尔斯和皮普也各定了两本。我的这本封面上画着可爱的王子和公主。这书恰好就在这学期最后一天送到了。老师走来走去地分书。等老师把书给我时，我简直都要等不及了。可妈妈说过，书必须留到圣诞节前夜才能看。

回家以前，同学们一起唱我们会唱的所有圣诞颂歌，之后老师还祝贺我们过一个快乐的圣诞节，我想我们一定会过得快活。布丽塔、安娜和我跑到村里的商店，买了红的、黄的、绿的、白的、蓝的闪光纸，我们要用这些纸做篮子挂在圣诞树上。接着我们就回家了。林子

比莱尔比村的孩子

47

里覆盖了雪,闪闪烁烁的真漂亮。

我们在路上走,布丽塔忽然拿出她那本故事书来闻。我们也都过去闻一闻。新书的气味真好,简直让人从这气味里就感觉到这书读起来会多么有趣。布丽塔开始大声地念她那本书。她的妈妈也关照过她,书要留到圣诞节前夜才能念,可布丽塔说,她忍不住了,只念一点儿。她念了一点儿以后,可我们觉得太有吸引力了,就求她再念一点儿。于是她就又念了一点儿,可还是不行,念了这一点儿还是那么吸引人。

"我一定要知道那王子到底中了魔法没有。"拉尔斯说。于是她只得再念一点儿。她就这样一点儿又一点儿地念,等我们到家的时候,她已经把整本书都念完了。不过她说没关系,到圣诞节前夜,她要把这本书从头再读一遍。

我们到家时,妈妈和阿格达正在做节日灌肠。整座房子都大扫除过了,样样东西都擦得干干净净,看着真舒服。我们吃了茶点就到外面玩。拉尔斯、皮普和我在花园里堆了一盏很漂亮的大雪灯。布丽塔、安娜和奥利也来帮忙。

树上落了许多麻雀、红腹灰雀和山雀,看到它们很饿的样子,我就跑回家去,问爸爸能不能早一点请它们吃圣诞节麦子。爸爸同意了。我们立刻去谷仓拿来五捆麦子,这是夏天打麦子的时候特地留下来在圣诞节用的。

我们把五捆麦子放在花园里的苹果树上,小鸟们马上都飞来享用了。我希望它们以为今天就是圣诞节前夜。圣诞节麦捆、白雪、新书、还有许多的东西,这些都让人觉得幸福。

傍晚时,布丽塔、安娜和我上楼,坐在老爷爷身边,用彩色纸给圣诞树做小篮子。男孩子们也来了。他们并不帮我们做篮子,后来连坐也坐不住,就走了。我们三个女孩围坐在老爷爷的圆桌旁,一共做了54个篮子,我们把它分成3份,北庄18个,中庄18个,南庄18个。老爷爷送给我们苹果和糖果。我们坐在那儿,我一直在想,明天我们要烤麦饼了。这跟圣诞节前夜一样好玩。

这时,拉尔斯忽然跑到花园里去,点亮了雪灯里的蜡烛。它在黑暗中亮极了。"老爷爷,你看不见雪灯。"安娜说。"我们给你唱歌好吗?"她问道,因为老爷爷最爱听我们唱歌了。我们就唱起了在学校里学会的圣诞颂歌来。

"圣诞节很有意思,你不觉得吗?"安娜后来轻轻问我。我说我感觉圣诞节最有意思了。我们这些比莱尔比村的孩子一直都那么快快乐乐的。在其他时候,在夏天和冬天,在春天和秋天,我们都有着许许多多有趣的事情。真的,快乐的事我们一年到头都有,可我感觉最快乐的,算是过圣诞节了。

童心阅读在线

阿天选编

老妖婆与磨坊主

[瑞典]阿兰·舒曼　著

　　特莱堡地区有一片神秘的大森林,名叫阿贝克。在这片大森林里有一条河流一直流向大海。在这条河上,架着一座石头桥。所有到特莱堡的人都要经过这座石头桥。大森林里还住着一个自称阿贝克大婶的老妖婆。这个老妖婆经常躲在石头桥底下,用各种魔法吓唬和捉弄过往的行人。

　　老妖婆又坏又凶,据说谁如果惹怒了她,有可能连性命都会保不住。只要稍不顺心,老妖婆就会大发雷霆,她把森林里的妖魔鬼怪全都召集到石头桥底下,然后派它们去干各种坏事。有一次,老妖婆派出去的一个妖怪把一匹拉车的马吓惊了,结果惊马拉着车连人带马都冲进了大海。还有一次,一个妖怪把一辆马车的轮子给弄掉了,没有轮子的车只能停在路中间,坐在车上的人吓得不敢下车。而老妖婆在桥底下见了,却捂着肚皮哈哈大笑。

　　要是赶上老妖婆高兴了,她就在大森林里举行盛大的宴会,把森林里所有的妖怪都请来,并且还会请一位人类的代表来参加。这个故事说的就是这样一个宴会。

比莱尔比村的孩子

这一次,有幸参加老妖婆宴会的人类代表是住在特莱堡地区的一个磨坊主。磨坊主是个善良的人,他很会跳舞,也会讲各种有趣的故事。老妖婆早就知道磨坊主有这些本事。一天晚上,磨坊主到市长那里交完了税金,正在往回家的路上走。磨坊主心里美滋滋的,因为今年他交的税金特别少。他心情愉快地一边走一边吹着口哨。走着走着,他突然觉得身后好像有人在盯着他。磨坊主回头一看,果然看见一个满脸皱纹、妖里妖气的老太婆跟在自己身后。老太婆穿了一身节日礼服,耳朵后头竟然还插着一支玫瑰花。磨坊主一眼就认出来,她就是那个住在阿贝克森林里的老妖婆。磨坊主的哥哥好多年以前遇见过她,从长相看她跟自己哥哥说的一模一样。磨坊主一点儿也没感到害怕,而是彬彬有礼地摘下帽子说:

　　"噢,夏天的夜晚这么美好,阿贝克大婶出来散步啦。"

　　"啊,是啊,"老妖婆微笑着说,"磨坊主是要回家吧,我猜你是到市长那里去了,对吗?到那儿去是件好事,值得庆贺呀。你愿意不愿意跟我喝上一杯酒?你是位讨人喜欢的人,我就爱跟你这样的人在一起,整天总跟些妖怪在一块儿,太没意思了。"

　　"噢,阿贝克大婶是不是又要举行宴会了?"磨坊主问。

　　"对呀!我邀请了阿贝克大森林里的所有妖怪,还请了姬娅妹妹。非常欢迎你也来一起参加。"

　　老妖婆说的姬娅妹妹也是一个妖怪,她是阿贝克大婶的表妹,住在阿贝克大森林南边的姬娅森林里。不过她并不像阿贝克大婶那么凶恶。

　　磨坊主觉得,能看看妖怪们怎么开宴会倒也很新鲜,就欣然接受了邀请。磨坊主知道,到了妖怪那里,只要不说错话,不办错事,妖怪们就不会伤害他。

　　于是磨坊主马上用手搀着老妖婆,朝阿贝克大森林深处走去。

　　宴会开始了。长长的餐桌上放满了各种吃的喝的东西。周围燃烧着一堆堆的篝火,在旁边的一块空地上,有几个妖怪正在演奏着妖

怪音乐。

磨坊主坐在主宾席上，两个老妖婆坐在他的两边。酒足饭饱之后，妖怪们就开始跳舞了。磨坊主几乎一直陪伴着姬娅妹妹，在磨坊主的陪伴下姬娅妹妹越跳越带劲。突然，磨坊主不小心碰了一张桌子，桌子上的两个水晶酒杯掉在地上摔了个粉碎。

妖怪们马上变得呆立无声。连磨坊主也吓得不敢出声，他知道老妖婆阿贝克一定会发火的。可谁知老妖婆并没发火。过了一会儿，磨坊主见老妖婆没吱声，赶紧掏出钱袋说：

"我赔，我赔！"

"赔吧！"老妖婆不露声色地说，"不过，我不要你的纸钱，你要用银币赔我。"

"不过我身上没带银币，过几天我一定给您送来。"磨坊主带着笑脸说，他害怕惹怒了老妖婆。

"可以，"老妖婆说，"不过你千万不要忘了。"

磨坊主心想，别的事可以忘，这件事无论如何也不能忘。

舞会继续进行了。过了好一会儿，磨坊主见天已经不早了，就告别了妖怪，回家去了。一路上，磨坊主为自己免遭老妖婆的惩罚而感到洋洋得意。

假如磨坊主没有忘记赔偿老妖婆的酒杯，那么这个故事也就到此结束了。可是，事情偏偏不是这样的。磨坊主并没有按照老妖婆的话去做。磨坊主到了家就把那天在宴会上摔酒杯的事几乎忘得干干净净，另外他也觉得那两个破酒杯根本不值得自己专门去跑一趟。

可是，老妖婆阿贝克却忘不掉这件事，她支使手下的妖怪们想尽一切办法提醒磨坊主赶快赔偿她的酒杯。妖怪们起初只是在磨坊里制造各种莫名其妙的小麻烦，可磨坊主却没有感觉出来这是老妖婆在提醒他。后来，有一天老妖婆终于忍不住了，她把所有的妖怪全都召集起来，派它们出去找磨坊主算账。妖怪们气势汹汹地围着磨坊打转转，要求磨坊主赶快赔偿酒杯。磨坊主见妖怪们来逼着他赔偿酒杯，脸都吓白了。磨坊主的老婆见了更是又气愤又惊奇，因为磨坊主根本没有把那天晚上的事情告诉她。她得知磨坊主摔了老妖婆的酒杯后，就劝他赶快把银币送给老妖婆，以免老妖婆再来找麻烦。可是，磨坊主却显出无比傲慢的样子，不听老婆的劝告。

磨坊主原来以为妖怪们胡闹一会儿就会走的，可没有想到它们竟然越闹越欢，而且使劲挥舞着拳头又喊又叫。磨坊主实在忍受不住了，他跑到门口的台阶上，大声喊叫起来：

"真正的宴会总会摔坏酒杯的嘛！"

妖怪们听了气得嗷嗷直叫，不断地冲着磨坊主使劲地挥舞着拳头。临走时还威胁说还要回来报复他。

磨坊主得意地哈哈大笑，而他的老婆却深感不安，担心老妖婆阿贝克真的会来报复。时间一天一天、一个星期一个星期地过去了，可并没见老妖婆的影子。磨坊主以为老妖婆可能不敢再来了。

有一天，一个农民找上门来，抱怨说他磨的面粉里掺有玻璃碴子。第二天，又有好几个农民上门来抱怨。磨坊主把麦粒仔细地检查了一遍，并没有发现有什么玻璃碴子。他停下磨盘，又认真查看了一下，发现磨盘里也没有玻璃碴子。可是，当他再去查看磨出来的面粉的时候，发现里面竟然搀了许多玻璃碴子。奇怪，这是怎么回事呢？磨坊主想了一会儿，终于明白了，这肯定是老妖婆阿贝克在施用魔法对自己进行报复。从此以后再也没有人来找磨坊主磨面粉了。

磨坊主家里的钱很快花光了，孩子们都饿得哇哇直叫。磨坊主感到如果再这样下去实在是不行的，于是他开始考虑怎么才能跟老妖婆和好。一天，磨坊主亲自来到石头桥上，请求老妖婆宽恕他，可是他得到的回答只是老妖婆阿贝克的一阵嘲笑。

一天晚上，磨坊主躺在床上翻来覆去地睡不着，忽然他想起了那个姬娅妹妹，心想也许她能给自己帮个忙。于是，磨坊主决定去找姬娅妹妹。他没敢打搅家里人，悄悄地从床上爬起来，迅速穿好衣服，也不顾夜晚的寒冷就出门了。屋子外面漆黑一片，北风呼呼地刮着。现

比莱尔比村的孩子

在已经是严寒的冬天了。

磨坊主一直朝南边的姬娅森林走去。他一走进森林便大声地呼喊了起来：

"姬娅，姬娅！我是磨坊主，我需要你的帮助。姬娅，你在哪儿？"

可怜的磨坊主得到的回答只是北风的呼啸。最后，他失望地坐在一块冰冷的石头上，伤心地哭了。磨坊主也不知自己在石头上坐了多久，后来他慢慢地感到自己坐着的石头开始往地底下沉，还没等弄清楚是怎么回事，他已经掉进地底下的一个大厅里。大厅里燃烧着一堆堆的篝火。火堆周围坐着好多大大小小的妖怪。这时，只见一个妖怪站起身朝磨坊主走过来，原来正是磨坊主要找的姬娅妹妹。

"唉呀，磨坊主你亲自登门拜访，真使我感到无比的荣幸啊。瞧，咱们已经有好长一段时间没在一块跳舞了。上次你可比现在神气多了，多日不见，你怎么变瘦了许多呀？"

磨坊主把自己碰到的麻烦一五一十细说了一遍。最后，他恳求姬娅妹妹一定要帮帮她。

"阿贝克那个老妖婆从不听别人劝告，不过我倒可以去试试。你也别抱太大希望。"

姬娅妹妹说完立即就不见了，过了一会儿她就回来了。她摇着头对磨坊主说，阿贝克现在正在气头上，她根本就不听劝告。她对磨坊主不赔偿她的酒杯很不满意，而且对磨坊主在妖怪们面前所表现出来的傲慢也极其不满意。还说磨坊主完全是自作自受，绝不会得到宽恕。

听了姬娅妹妹的话，磨坊主彻底失望了。

过了好长一会儿，姬娅妹妹对磨坊主说：

"现在我准备做一件以前从没有做过的事。我要骗一骗阿贝克那个老妖婆。因为你曾经陪着我跳过舞，所以我要帮助你。不过，你千万不能告诉别人是谁帮助了你。"

于是，姬娅妹妹告诉磨坊主应该怎么做才能破老妖婆阿贝克的魔法。她嘱咐磨坊主下次磨面粉时,先用小麦、大麦和黑麦的麦穗在磨坊门口的台阶上扎一个十字架,然后把老妖婆阿贝克请来。

磨坊主还没来得及说声谢谢,姬娅妹妹和其他小妖怪们就立刻不见了。

磨坊主发现自己又像原来一样坐在了那块石头上,后来他是怎么回自己家的连他自己都搞不清楚了。第二天一早,磨坊主醒来时,只觉得昨天晚上自己就像是做了一个梦。

磨坊主决定按照姬娅妹妹说的方法试一试。

用三种麦子的穗扎成一个十字架并不难,可难的是怎么才能让老妖婆阿克贝到自己的磨坊来呢?磨坊主苦思冥想,最后他还真的想出了一个办法。

磨坊主先找来麦穗,在台阶上扎成一个十字架,然后摆好磨盘,看上去像是要磨面的样子。等一切准备好后,他就像平时散步一样漫步到河边,站在石头桥上,然后冲着阿贝克的大森林大声喊道:

"喂,老妖婆,别人都说你害怕我,连亲自到我的磨坊来看看都不敢,尽派些小妖怪给我捣乱。你要是有胆量,就亲自来一趟嘛!"

磨坊主使劲地诅咒、嘲笑老妖婆,他就是想用这种办法激怒她,好让她亲自到自己的磨坊走一趟。磨坊主不管老妖婆能不能听见,也不知道她是不是会到磨坊去,喊完后他就用最快的速度赶紧跑回家,站在自己的窗前等着。

天慢慢地黑了下来,妖怪们一个接一个地从大森林里走出来了。走在最后面的就是老妖婆阿贝克,她迈着四方步一直朝磨坊走去。还没走到磨坊跟前,老妖婆就大声喊叫了起来:

"该死的磨坊主,我来了。你还有什么话要说吗?"

磨坊主不理睬老妖婆,而是从自己家的后门悄悄地溜进磨坊,开始磨起了面粉,一会儿,又白又细的面粉就磨出来了,面粉里连一点儿玻璃碴子也没有。

站在磨坊外头的妖怪们不知道磨坊主在里面磨面粉,只是一个劲儿地在磨坊外头乱吼乱叫。

过了一会儿，磨坊主打开了磨坊的门，从里头扔出来一口袋面粉。

"赔你一口袋面粉吧，老妖婆，"磨坊主朝妖怪们喊了一声，"要是不够的话，我就继续磨。"

妖怪们围着那口袋面看了又看，发现面粉又白又净，一个玻璃碴子也没有。妖怪们全都愣住了。

可是，没过一会儿，妖怪们就发出了震耳欲聋的吼叫。因为，它们知道上当了，它们的魔法彻底失灵了。

老妖婆和妖怪们只好无可奈何地离开了。

妖怪们散去之后，磨坊主又按照姬娅妹妹说的话带着两枚银币，在一天夜里亲自送到石头桥上，对着大森林说了声"老妖婆，我赔你的杯子。"然后就把银币扔进了河里。

从此，磨坊主牢牢地记住了这次教训，成了一个守信用的人。

林荫道上的老妖婆

[瑞典]阿兰·舒曼　著

假如你去过斯考纳,肯定看到过那里的林荫道吧。那林荫道的两旁种的都是柳树,这样就可以保护路边的泥土不会被雨水冲跑。大多数柳树都是古树了,树干弯弯曲曲、疙疙瘩瘩,有些还是空心的。

在大伊色村和小伊色村之间就有这样一条古老的林荫道。在这条林荫道上,有一棵老柳树长满疙瘩,很久以前,这棵柳树里住着一个老妖婆,名叫伊色。这个老妖婆的年龄至少跟这棵柳树一样大,人们都说这个老妖婆很坏,很危险。天一黑,好多过路的人都绕道走。不过也有好多农民不愿多走路,哪怕天黑,他们也走这条道,因为只要不被老妖婆发现就没事。

有一次,太阳刚落山时,一位农民赶着马车从小伊色村出来。他要到村里的磨坊去磨面,回来时车上装满了磨好的面粉。为了走近路,他就决定走这条林荫道回家。

走出一半路,什么事情也没发生,农民心想:老妖婆可能睡觉了。可是,他再向前走了一段路,就觉得有些不对劲儿了。他好像感觉到老妖婆就坐在自己的车上。农民虽然看不见老妖婆,可凭感觉他知道老妖婆已经坐上车了。没过多久，农民就听见老妖婆沙哑的嗓音了：

"我想带你到我住的地方去！"

农民知道，老妖婆从来说得到做得到。可是，老妖婆上了车，再想把她从车上弄下来就不容易了。他的一个邻居就曾经把老妖婆带回家，结果老妖婆在他家的牛棚里住了好几个月，一直赖着不走。老妖婆住在牛棚里，可把这家人折腾苦了。因为老妖婆口渴时就偷偷地挤牛奶喝，这样一来，牛奶就不够那家的人喝了。

农民心里清楚，不把这个老妖婆甩掉不行。可是，想什么法子能甩掉她呢？农民想起了自己小时候听到的一个传说：如果老妖婆伊色上了车，就把车的左前轮卸下来。这样，老妖婆就不得不下车用肩膀顶着车轴。

这话听起来似乎不可思议，不过说不定是真的呢。于是，农民立即停下马车，从车上跳下来，三下两下就卸下了左车轮子，然后扔到装满口袋的车顶上。嘿，这一招还真灵，老妖婆真的就从马车上跳了下去，用肩膀一下子顶住了车轴，想象她那个狼狈样子，肯定可怜极了。农民赶着车继续赶路，老妖婆只好顶着车轴跟着跑，以保持着车的平衡。车到了老妖婆住的那棵柳树下时就停了下来。农民知道老妖婆不知躲哪儿去了。于是，农民又赶紧把车轮安到了车上。

可是，当农民打算继续前进时，拉车的马却怎么打也不走，到后来就干脆往后退。农民明白了，这是老妖婆对他进行的报复，对马施了魔法。农民当然也听说过如果遇到这种情况时该怎么办的传说。于是，他下车掏出刀子，在马面前画了个十字，老妖婆的魔法一下子全消失了。农民又继续赶着马车往家走了。

老妖婆常常出来给人们制造一点儿麻烦，还好，她制造的都是些小麻烦，也不危险，所以人们也没打算除掉她。可是，有一次，老妖婆使一个年轻农民丧失了生命，人们就决定要除掉这个老妖婆了。

事情的经过是这样的，一个夏天的晚上，一个年轻的农民在小伊色村参加完一次联欢会，正往家走。这时候气候凉爽宜人。因为联欢会开得很热闹，年轻农民感到很兴奋。当他经过老妖婆住的柳树下时，突然不知怎么想起要和老妖婆说句话。他站在柳树前，大声喊叫起来：

"喂，老妖婆，咱们一起跳支舞吧！"

他刚喊完就听到在离他两米远的地方传来沙哑的说话声：

"噢，原来是你呀，我的小农民，跟你跳个舞不难，只是你以后说话要客气点儿。"

年轻农民听了，哈哈大笑起来，他摘下帽子，向着说话的方向深深地鞠了一躬，说：

"那就请吧！"老妖婆最大的爱好就是跳舞了，所以她接受了邀请。老妖婆跳起舞来就像疯了一样，年轻农民只好随着她。老妖婆越跳速度越快，越跳越疯狂，年轻农民想停下来喘口气，可是他怎么也停不下来。因为老妖婆死死地抓住他不放，一圈一圈地转呀转呀，跳得更疯狂了。

跳着跳着，年轻农民就听到村子里传来公鸡打鸣的声音，天也快亮了。太阳是妖怪最害怕的东西，所以老妖婆听到公鸡打鸣后，更不顾一切地使劲跳起来，她要在太阳出来之前再多转几圈儿。

公鸡又叫了一遍，可老妖婆还是疯狂地旋转。当太阳射出第一道光芒时，老妖婆终于松开了手，一头钻进了她的老柳树里。而年轻农民却累死了，再也起不来了，他脚上的鞋子全都磨破了。当人们发现年轻农民的尸体后，就知道是老妖婆干的坏事。从这天起，人们真正感到，老妖婆实在是个危险的怪物，一定要想办法除掉她。

年轻农民去世一个星期以后，有一天晚上，大伊色村和小伊色村的村民们聚到了一起，研究对付老妖婆的办法。

"把老妖婆那棵老柳树放火烧掉算了。"一个村民说"这样她就必须离开这棵老柳树。"

"可是，她要是搬到别的树里去住怎么办呢？"另一个村民说。

"那把这儿最厉害的公牛放出来顶她！"

比莱尔比村的孩子

"可是,老妖婆会用魔法,她要是让公牛反过来顶我们又怎么办呢?"

大伙儿商量了好半天,也拿不定主意。看来要除掉那个老妖婆还真不是一件容易的事。

后来,一个年轻的铁匠出了个主意。他说,老妖婆只有在晚上才最厉害,等白天太阳一出来,她就得躲进老柳树里。要是能把她骗到远离柳树的地方,就可以除掉她了。可是,用什么办法骗走她呢?办法是有的,铁匠说,老妖婆只要一跳舞就会忘掉一切。假如用跳舞的办法就能把她骗到远离老柳树的地方。

按照铁匠的安排,村民们准备在离林荫道不远的一个三岔路口处举行一次舞会,所有年轻力壮的小伙子们都来参加。而铁匠负责去请老妖婆,把她带到舞场。然后请一个小提琴手,专门演奏节奏慢的曲子,让老妖婆按照节奏跳舞。

此外,按照铁匠的安排,人们把两个村的公鸡全都抓起来,送到远处的村子里关起来。这样,老妖婆就听不到公鸡打鸣的声音了。

为了布置舞场,大伙儿整整忙了一天。舞场的地上铺了木板条,周围摆上桌子。桌子上面摆了各种吃的和喝的。只等太阳下山,舞会就正式开始。

太阳渐渐地落山了,年轻、英俊的铁匠身穿一身漂亮的礼服朝林荫道走去。到了老妖婆住的柳树跟前,他停住了脚步,彬彬有礼地对着柳树鞠了一躬,十分温和地说:"最亲爱的伊色夫人,请您赏小铁匠的光,和我一起跳个舞吧!"

噢,这可正是老妖婆盼望已久的事。她听说年轻人要在三岔路口跳舞,连脚心都痒了。没想到这位年轻英俊的小伙子竟然还来邀请她。老妖婆愉快地接受了邀请。这次她决定不隐身了,她要让人类看看她的真面目。以前,她总是用隐身法戏弄人类。老妖婆从柳树里走了出来,原来她长得又高又大,头发乱蓬蓬的,竟然还带了两个大耳环,鼻子又大又红。其实妖怪长得都是这么丑。

铁匠装作没事一样，还冲老妖婆笑了笑，然后一边走一边跟她说话，在不知不觉中老妖婆跟着铁匠来到了舞场。正在跳舞的年轻人一见老妖婆来了，都吓了一跳，直往后退。铁匠怕被老妖婆看出来，赶紧给人们使眼色，于是大伙儿又跟刚才一样继续跳舞了。铁匠告诉过他们，舞跳得越欢快越好，一定要让老妖婆忘掉时间。

　　人们又是吃喝又是跳舞。老妖婆也跟着又吃又喝，舞跳得也是最欢快的，她先跟铁匠跳，后来又轮着跟其他年轻人跳。老妖婆越跳越高兴，把一切都忘在了脑后。

　　时间慢慢地过去。大伙儿见天空开始发白，便朝附近的一个粮仓边跳边移动。粮仓里黑乎乎的，白天在里面也看不见光线。加上粮仓没有窗户，所以老妖婆根本感觉不到黑夜已快过去。

　　当太阳从东方地平线上升起，一道道阳光照耀着大地的时候，老妖婆突然感到不妙，她大叫一声，就要冲出粮仓。老妖婆一冲出门口，一道强烈的阳光射到了她的脸上，只听"轰"的一声巨响，老妖婆爆炸了。几十千米外的玻璃都被震碎了，气流把一棵棵大树也给冲倒了，一群正在吃草的羊被吹散了，有个正在吃早饭的农民，很久之后在邻居家的桌子上找到了他的那个被吹跑的饭碗。

　　随着这声巨响，老妖婆被炸得粉身碎骨烟消云散了。

　　从此，大伊色村和小伊色村再也没有捣乱的老妖婆了。

铁匠的儿子救公主

[瑞典]阿兰·舒曼　著

在从马尔摩到斯卡罗布的路上,有一块很大的石头,这块大石头坐落在一个叫奔卡的山坡上,所以人们都把它叫作奔卡石。关于这块石头有着很多很多动人的故事。

当地老百姓都晓得,那块大石头底下曾经住过妖怪。不过,现在已经没有妖怪了。今天这个故事说的就是妖怪为什么没有了。

在一个新年除夕的夜晚,天气很冷,不过很晴朗,天空中布满了星斗,地面上积了薄薄的一层雪。

天已经很晚了,这时候路上走过来一个年轻的小伙子。他叫托马斯,是一个铁匠的儿子。他的父亲在附近开了一个铁匠铺,他这两年一直跟随父亲学打铁,打算将来也要当一个铁匠。

托马斯边走边吹着口哨。走着走着,他就突然发现山坡上的那块奔卡石实在不同寻常。

大石头的四周闪着金光,更加奇怪的是,大石头下面还长出了三条又粗又长的金腿。而在大石头的底下,一群妖怪正在疯狂地唱歌跳舞。妖怪们扭成一团,兴高采烈地向托马斯招手。当托马斯想不理睬而继续往前走时,突然,一个妖怪出现在他跟前,还递给他一个酒壶。这个酒壶很漂亮,还是银制的,上面还镶嵌着晶莹的宝石。

"跟我们一起喝点儿酒吧!"妖怪请求托马斯说。

托马斯觉得妖怪们既然对他这么友好,跟他们一起喝几口酒也没什么大不了的。于是,托马斯接过了酒壶,可是,当他端起酒壶正准备喝酒时,忽然听到一声叫喊。有个姑娘清脆的喊声从石头下面传了过来。托马斯隐隐约约看见石头下面有一个金色长发的姑娘。

只听那姑娘喊道:"千万别喝壶里的酒。你要是喝了就会像我一样被压在这块石头底下的。赶快把壶里的酒倒掉,快逃命吧!"

托马斯拿着酒壶愣了一下,不知怎么办才好。妖怪们听到了姑娘的喊叫,不唱也不跳了,而站在托马斯面前的这个妖怪气得脸色发黑,他向托马斯跟前又迈了一步。托马斯立刻醒悟过来,赶紧端起酒壶把酒全都泼在了妖怪的脸上,然后转身拔腿就跑。托马斯在树林里穿来穿去,拼命地往前跑。那群妖怪则跟在他身后一边追赶一边不住地发出阴森恐怖的吼叫。

托马斯有些害怕了,他知道妖怪的速度很快,靠人类的双腿是很难从他们手下逃掉的。托马斯的外婆常给他讲妖怪的故事,所以他知道许多关于妖怪的事情。外婆曾经讲过,妖怪不会走耕田里的垄沟,而只会顺着垄沟跑。托马斯知道,附近有一片刚刚耕过的田地,现在就是要尽快地跑进那片田地。

妖怪们离托马斯越来越近了,他连它们喘气的声音都能听得到了。当跑在最前面的那个妖怪几乎快要抓住托马斯的衣襟时,托马斯终于跨进了刚刚犁过的田地。他深一脚浅一脚地不断跨过垄沟,一个劲地往前跑。

妖怪们的喘气声听不到了。托马斯回头一看,只见妖怪们正顺着耕地的垄沟跑来跑去呢。托马斯终于得救了。这片田地很大,妖怪们要想赶上托马斯,那可要用很长时间了。

可是,妖怪们要是到自己家里来抓他怎么办呢? 托马斯跑着跑着

忽然又想起外婆说过的话,如果被妖怪追赶,那么就要先跑进马棚里,躲在马的两条前腿之间,这样就可以没事了。于是,托马斯刚一进院子,便一头钻进了马棚里,小心翼翼地躲在那匹最壮实的马的两条前腿之间。

几分钟之后,托马斯就听到外面传来妖怪的脚步声和喘气声。妖怪们伸头缩脑地从马棚的窗户往里瞧,当它们看见托马斯正躲在马的两条前腿之间时,都气得嗷嗷直叫。

妖怪们只得无可奈何地走了。

妖怪们走了之后,托马斯才发现自己手里仍然拿着妖怪们那个精致的酒壶。怎么处置这个酒壶呢?托马斯心里明白,如果不扔掉酒壶他就摆脱不掉妖怪的追捕。于是,他悄悄地溜出马棚,进到屋里叫醒了爸爸和妈妈,把刚才发生的事情一五一十地告诉他们。爸爸妈妈听了吃惊不已,一时不知如何是好。

外婆在屋里听到了,走出来说:

"快把酒壶埋在你刚才躲藏的那个地方。"

托马斯又立即跑回马棚,按照外婆说的把酒壶埋在了那匹马两条前腿中间的地里。当他刚要走出马棚时,就听到外面又传来了妖怪的喊叫声。托马斯赶紧又躲在那匹马的两条前腿中间,一直等到妖怪们走了才走出来。

好几个月以后,托马斯几乎把那件事给忘了。一天,一辆8匹马的大篷车在铁匠铺前停了下来。两个身穿华贵礼服的仆人首先下了车,然后放下一个梯子,最后才从车里走出来一个年龄较大的人。这个人身上穿着貂皮衣,头上还戴着一顶王冠。

托马斯和他的父母心想,这个人看上去倒像个国王。

果然,他们给猜对了,这个人一下车就自我介绍说,他是一个来自远方的国王,听说了这儿有一个铁匠的儿子,得到了一把特别精致的酒壶,因此特地前来见见这位小伙子。

托马斯的父亲听了摇摇头说:

"你一定是搞错了。我们从没见过这种酒壶。"

托马斯的爸爸不愿意把真情说出来，因为他怕这个人可能不是什么真正的国王，也可能是妖怪装扮的假国王，是来欺骗他们的。过去像这种事已经发生过好几次了。

国王听了父亲的话，伤心得差点流下了眼泪。他说那个酒壶原本是属于他的，后来被妖怪给偷走了。妖怪们不仅偷了他的酒壶，而且还把他的宝贝女儿也抢走了。国王说，现在能救出女儿的唯一希望是赶快找回那个酒壶。

托马斯想起了那天救他的姑娘，心想，说不定那姑娘就是国王的宝贝女儿。托马斯是一个心地善良的小伙子，他觉得像国王这么伤心至极的样子，妖怪们无论如何是装扮不出来的。托马斯非常想帮助这位不幸的国王救出他的女儿，何况他的女儿还救过自己一命。于是，他对国王说：

"酒壶的确在我这里，陛下，我愿意帮助你救出公主，因为公主也曾救过我。"

国王把托马斯紧紧地搂在怀里，然后走进铁匠铺跟大伙儿一起商量营救公主的办法。

外婆对国王说，只要在酒壶里装满从北山坡上流下来的泉水，然后在皓月当空的深夜悄悄地溜到大石头跟前，说上一段咒语，就能把公主救出来了。

听外婆这么说，大伙儿都很高兴，心想公主这下总算有救了。可惜的是外婆却想不起应该说哪一段咒语了。她想了好半天也没想起来。

过了几天，托马斯独自走进马棚，在保护过他的那匹马旁边坐着，心里想着怎样才能救出公主。想着想着，他猛然就听见有人在说话。那声音听上去很熟悉，好像是在哪儿听到过。噢，想起来了，原来是公主的声音。那声音特别小，就像是从地底下传出来似的。托马斯心想，或许是公主正在通过那个酒壶跟我说话。想到这儿，他赶紧从地

里挖出那个酒壶,把酒壶贴在耳朵上,只听公主在说:

> 晚上月亮大又圆,
> 泉水装满壶里边,
> 现在听我一句话,
> 奔卡石头倒一边!

啊,这不正是外婆要找的那段咒语吗?托马斯赶紧跑回家里把消息告诉了爸爸、妈妈、外婆,当然还有国王。

这天夜里正好是皓月当空,大伙儿决定让托马斯带上酒壶去搭救公主。托马斯悄悄地穿过森林,一直朝着北山坡走去。托马斯深一脚浅一脚地小心地向前疾走着,因为害怕惊动妖怪,他还得时不时地停下来听听动静。

月亮一会儿被乌云遮住,一会儿又从乌云里探出头来。到了北山坡,托马斯刚要往壶里灌泉水,突然一阵叫声把他吓了一跳:

"呜呼——呜呼——呜呼!"

莫不是妖怪发现了他?不,不是,原来是一只守在泉水旁的大猫头鹰。虽说猫头鹰不伤害人,可它会不会是妖怪派来的呢?托马斯刚想到这儿,就见猫头鹰扑拉拉地飞走了。猫头鹰要是飞去报告妖怪可怎么办?时间不等人,一定要赶在猫头鹰的前头。想到这儿,托马斯赶紧提着装满泉水的酒壶,飞也似地朝奔卡石跑去。

一会儿工夫,托马斯就来到了大石头跟前,他举起酒壶,喘着粗气大声念着:

> 晚上月亮大又圆,
> 泉水装满壶里边,
> 现在听我一句话,
> 奔卡石头倒一边!

托马斯的话音刚落,只见长着三条金腿的大石头慢慢地从地上升了起来,轰地一声滚到了一边,地上立即冒出一股青烟,接着一个披着满头金发的姑娘出现在托马斯的跟前。

公主终于得救了,她激动地握着托马斯的手,感谢他的救命之恩。

可是,妖怪们到哪儿去了呢?原来,妖怪们一看自己的妖法失灵了,便随着刚才那股青烟跑掉了。从此以后,这个地区就再也没有出现过妖怪了。

渔夫与海河马

[瑞典]阿兰·舒曼 著

　　在瑞典的南方有一条小河,叫桑克河。夏天,桑克河几乎没有水,可是到了秋天雨水多以及春天冰雪融化的时候,小河里就涨满了水。河水常漫过河堤流进周围的农田,最后流进大海,所以人们又把这条河叫海河。

　　桑克河可不是一条普通的河,关于这条河,流传着许多故事和传说。据说,桑克河有的地方深得没有底。不过,至今没有人对这条河进行过彻底的探测,所以关于这条河的一些故事和传说也许会是真实的。

　　这里讲的是一个有关一匹神奇的海河马的故事。关于这匹马有许多传说,有的说它是一匹高大的灰色的马,有的说它是像人又不是人,像马又不是马的怪物,还有的说它长着血红的大眼睛。总之,说什么的都有,不过有一点倒可以肯定,这是一匹神奇可怕的马。

　　据传说,一次,有个小伙子要去与自己的女朋友见面。他们约好在海边相见。小伙子到海边要走好长一段路,况且他出门又晚了。路上,他遇到了一匹银灰色的大马。马让小伙子骑上它,说一会儿就可到海边了。小伙子高兴极了,一跃跳上马背,可谁能想到大马驮着小伙子一头栽进了桑克河里,河水深不可测,因而小伙子再也没上来。

还有一次,一匹黑色的马突然出现在桑克河边。当时一群男孩正在河边玩。黑马问男孩们想不想骑上它跑一圈。男孩们异口同声地说:"想!"。男孩们一个接一个地爬上马背,坐了一大串,最后还剩下一个大眼睛的小男孩没上来,只见他站在地上,看着这匹黑马出神。他不由地把两只手并在一起,放在自己面前,大声地说了句:"噢,耶稣,上帝!多么神奇的马!"小男孩的话音刚落,坐在马背上的男孩们全都摔倒在地上,那匹黑马一下子消失了。原来,这就是海河马,它最怕人们说耶稣的名字。其实,那个小男孩还不知道自己在不知不觉中救了小伙伴们,不然的话他们全都会被黑马带到桑克河里淹死。

还有一次,住在桑克河边的一个渔夫受到了海河马严厉的惩罚。这个渔夫心地不好,也很懒惰,常常对家里人发火。除了对小女儿维多利娅特别宠爱之外,他经常对自己的儿子无缘无故地打骂。他对自己的老婆也从来没好气。邻居们也说,世界上再没有比渔夫更懒的人了,他常把鱼网撒到河里却不往回收,有时他把网拉上岸,却要过好长时间才去把网里的鱼捡出来。

一个夏天的晴朗的夜晚,他本该像其他渔夫一样把网撒到河里的,但他没有这样做,而是躺在河边的草地上乘凉。他嘴里叼着烟袋,胡思乱想着怎样才能不干活又能过上舒心的日子。就在这时,桑克河里突然传出一阵巨大的水花溅落的声音。渔夫一骨碌坐起来,就看见一匹大马从河里跳了上来,直冲他这边跑。渔夫一下子想到,海河马来找自己了。他惊呆了,坐在地上一动也不敢动。海河马来到他跟前,用大嘴把他叼起来,一下子甩到自己背上,然后扬起四蹄朝河里跑去。一开始,马在河上奔跑,马蹄扬起的水花四处飞溅。后来,马顺着桑克河一直跑进了大海。渔夫吓得用双手紧紧抱住马的粗脖子。

渔夫心惊胆战地回头看了看,只见海岸离他越来越远,周围是汪洋大海。跑了一会儿,海河马突然停住,一下就沉到海水里了。海水

比莱尔比村的孩子

73

包围了渔夫,渔夫心想:这下完了,非淹死不可了。

一会儿工夫,海河马驮着渔夫就沉到了海底。海河马用前蹄踢了踢海底的岩石,岩石突然裂开,海河马驮着渔夫很快就来到一个金碧辉煌的大厅。哇,渔夫有生以来还是第一次见到这么漂亮的大厅。

大厅四周的墙壁上镶嵌着无数闪闪发亮的水晶,大厅的地板放射着银色的光芒。最里头摆着一个金晃晃的座位,上面坐着一匹高头大马,这匹马比渔夫骑的大两倍。渔夫心想这匹马应该是海河马的国王吧。这时,渔夫就见各种各样的马接二连三地来到大厅,其中有黑色的,有灰色的,还有好多是银灰色的,看上去可怕极了。渔夫下了马,慢慢地朝王位走过去,驮他的那匹马紧跟在他后头,还时不时地用头拱渔夫两下,好让他快点走。

渔夫走到国王面前,发现马国王嘴里不停地往外吐水和火,样子可凶狠了。国王见大家都到齐了,便发话说:"你们来自斯考纳的每一条河流,今天,我把你们请来,就是要同你们一起审判这个好逸恶劳的渔夫。多少年来,我们总听说他虐待自己的老婆和孩子,还用恶毒的手段对待海河里的生物。他不管鱼的死活,常把鱼网撒到河里一放就是几天,有时还把鱼网拖到岸上不管不问。我们海河马是海河鱼的好朋友,今天我们对渔夫进行审判!"

这时,一群海河鱼浩浩荡荡地游进了大厅。他们一见渔夫,便气愤得使劲地摆动着尾巴。

海河鱼们开始一个接一个地控诉渔夫的罪行。一条大马哈鱼说,它和伙伴们在鱼网里整整待了5天,才被这个懒惰的渔夫拖上岸,致使伙伴们都悲惨地死在了鱼网里,只有它想办法逃出了鱼网。一条大鳗鱼叙述了渔夫是怎么懒惰的,他把它们拖上岸又不管不问,它自己又是怎么在干燥的岸边连滚带爬地回到河里的,而它的伙伴们却全都在鱼网里被太阳活活晒死了。

证人们证实了渔夫确实是个又懒又坏的人。渔夫站在大厅里,听着河鱼们对他的一声声控诉。悔恨当初不该那样对待家里的人和海河里的生物。可是,现在后悔已经来不及了。

经过分析,海河马国王大声宣布:"我们海河马和海河鱼共同认定,渔夫犯了不可饶恕的罪行,为了对他进行惩罚,我们判决让他变成一条鱼,从今以后他只能在水里生活,只有当他的亲人怀念他并把伤心的眼泪流到海里时,他才能重新恢复正常人的生活。"

听了国王的宣判,海河马们发出了一阵阵嘶叫,还不住地用蹄子敲打着地面。国王的宣判是那么冷酷,渔夫只能无可奈何地叹了一口气。不过渔夫心里还是有一点点安慰的,因为他最终还有再变成人的希望,只要家里的亲人想念他,并把眼泪流到海里,他就能重新得救。

海水呼地一下涌进了大厅,渔夫的思绪被打断了。海水淹没了眼前的一切。突然,渔夫觉得自己的身体开始发生了变化,他先是缩成了一团,接着身上的衣服不见了,然后下身长出了尾巴,手和脚变成了划水用的鳍。渔夫真的变成了一条鱼。

渔夫摆动了几下尾巴,感觉还挺自在。在大厅的另一头的墙上,有一面大镜子,渔夫游了过去,镜子里出现了一条鱼。这条鱼长着一个大大的头,身子滑溜溜的,原来渔夫变成了一条大头鱼。渔夫看着自己的身体,伤心地流下了眼泪。渔夫叹了口气,但心想我不会永远做一条大头鱼的,我一定要重新做人。现在,最重要的是尽快游到离家最近的海边去。渔夫知道这至少需要好几天。

渔夫已经有好几天没回家了,家里人开始有些着急。渔夫的妻子四处打听丈夫的下落,但是,大伙儿都说没见到他,还说说不准他像头懒猪似的躺到树荫里睡大觉去了。听了大伙儿的议论,渔夫的妻子不再去四处寻找他了。儿子们见父亲好几天不回家,反而高兴地说:"太好了!这样我们就不会天天挨打挨骂了。"

变成大头鱼的渔夫在海里不停地游啊游。但是,他还能听到人们在陆地上讲话。听了人们的议论,他失望极了,觉得自己在这个世界上再也不会有人同情他了。他真后悔当初不好好地做人。可是,现在怎么办呢?渔夫开始想念家里的亲人。渔夫最想念的是女儿维多利

 比莱尔比村的孩子

75

娅。但是这会儿，女儿正住在外婆家里，她还不知道父亲已经失踪了。

日子一天一天地过去了。有一天，维多利娅从外婆家回来了，刚一进家门她就问父亲到哪儿去了。当母亲和兄弟们告诉她父亲再也回不来时，她伤心极了。维多利娅想起父亲带她一起玩的情景。过去，父亲常常不干活，总陪着她玩，背着她到海边去。可是，现在父亲不在了。

女儿维多利娅痛苦地来到海边，坐在一块石头上，望着远方的海面。海边一群群小鱼游来游去，海面上泛着一卷卷的浪花。

维多利娅想起，父亲曾经常在傍晚带她到海边玩，想着想着，她的眼泪不由自主地就顺着她那美丽的脸蛋流了下来，一滴一滴流进了大海里。就在维多利娅的眼泪刚流进海里时，海上突然就刮起了大风，海浪铺天盖地朝岸边打来。可只过了一会儿，大海竟然一下子又恢复了平静。维多利娅觉得好像有人站在她的背后。她转过头来，不禁惊叫了一声。原来背后站着的正是她的爸爸。维多利娅兴奋地扑进了父亲的怀里。

从此以后，渔夫决心改过自新，做一个勤劳、善良的人。

时间老人去罗马

[瑞典]维廉·诺丁　著

从前，有一个年纪很大的小矮人，他的任务就是负责让家里的钟表走准。由于工作的原因，他的个头只长到跟挂钟上的时针一样高，其他小矮人就给他起了个名字叫时间老人。

时间老人倒是很灵活，活动起来跟一秒钟一样快。而且他也跟闹钟一样有精神。他睡觉从来不睡过头，总是第一个起床。他知道，他最舒服的事情就是早晨在家里人还没有起床的时候，到厨房里的那个绿水池里洗个澡，或者在夏天的时候到离家不远的那条弯弯曲曲的小河里去游个泳。

时间一长，时间老人就觉得自己最适合当一名水手了。

一个夏天的早晨，时间老人在小河的岸边上无意中捡到一张破报纸，只见上面写着："条条大道通罗马！"另外，他还发现了靠岸边的小河里居然漂浮着一只破木鞋，那木鞋晃来晃去的像是一只小船。

时间老人想，条条大道通罗马，那么条条小河肯定也会通向罗马的。这条小河不是正适合把我送到罗马去嘛！

于是时间老人折了一片百合花叶子做船桨，他跳到木鞋上，朝小

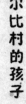

河的中心划去。木鞋就像小船一样顺着河流往下游漂去了。

太阳放射着耀眼的光芒，成群的蚊子在空中飞舞，河水哗啦哗啦地向前流淌。时间老人像船长一样直挺挺地站在木鞋的前头，他在河中正驾驶着"小木船"向前漂流。时间老人感觉当水手的生活真是太神奇了，嗨嗨，等到了罗马大都市肯定会更美好的！时间老人的眼睛里放射着幸福的光彩，大胡子遮盖下的脸庞红润润的。

划着划着，时间老人手里的百合花叶子突然被什么东西拉住了。嗯，怎么回事？时间老人迅速往上一提，只见一条鲤鱼咬住了百合花的叶子，不过还没等到叶子全都露出水面，鲤鱼就松了口，时间老人把持不住，身子向后一仰摔倒在木鞋里了。

时间老人赶紧爬起来跑到船头，可是"小木船"这时已经撞到了一块大圆木上，然后被冲进了河边的一大片水莲花丛里去了。

时间老人使劲地摆动着"船桨"，想把"小木船"再划到河中间去，但是水莲的叶子又大又平，把"小木船"围得严严实实的，河岸边的柳条也被风吹得飘来飘去，不住地打着时间老人的脸，好几次都险些把他扫到水里。时间老人不停地左划右摆，但"小木船"在水莲叶子的包围下只能一点一点地向河心移动。时间老人想，像这样下去什么时候才能到罗马呢！

于是，他干脆把手里的百合花叶子扔到木鞋里，然后跳到浮在水面的水莲叶上，用双手推动着木鞋。他推一下再跳到另一片水莲叶上再推一下，就这样木鞋一段一段地摆脱了水莲花的包围。当木鞋就要离开水莲花的时候，时间老人又赶紧跳到了"小木船"上，抓起百合花叶子再次朝河心划去。河中心的水流很急，"小木船"毫不费力地往前漂去。

真是太妙了！水手生活简直是太神奇了！时间老人边想边不住地朝两岸瞭望，他害怕划过了头。可是他看到的还是柳树、百合花和水莲花。时间老人用手捋了捋胡子，心想，罗马很快就要到了！

想到这，时间老人的心里美滋滋的，觉得当水手还真好！

忽然，从"小木船"后头传来扑通扑通的拍打水面的声音，"小船"四周立即溅起了一片片的水花，紧接着就从岸边传来一阵欢叫声。

时间老人向岸上望了望，看见一群孩子正在用石头掷他的"小木船"。石头像炮弹一样向"小木船"嗖嗖飞来，时间老人没有防卫武器，只好赶紧躲进"船舱"里，可是这样一来他就无法驾驶"小木船"了。怎么办呢？时间老人拍了拍胸脯对自己说："是水手就得坚守岗位！"

他冒着生命危险又从"船舱"里钻了出来，英勇地站在"船头"上，勇敢地驾驶着"小木船"冲过了这块危险的地段，顺着河流继续往前漂去。

胜利最终属于勇敢者！时间老人心里可得意了，他决定以后无论遇到什么情况，都要像刚才那样坚守岗位。

后来，"小木船"从河中心的一块石头旁经过，一只无法上岸的青蛙一下子跳到了他的"小木船"上。

"你和我一起去罗马吧！"时间老人对青蛙说，他让青蛙坐在"小木船"的"前舱"。

又漂流了一阵，"小木船"遇到了一只正在河里挣扎的老鼠，老鼠见了"小木船"便顺势爬了上来。

"你也跟我一起去罗马吧！"时间老人对刚爬上来的老鼠说，于是让老鼠坐在了"小木船"的"后舱"。

时间老人划着"小木船"继续往前走。没走一会儿，又遇到了一条被狗鱼追赶的小马哈鱼。小马哈鱼一纵身跳上了"小木船"，看来它宁愿干死在"小木船"上也不愿意让狗鱼给吃掉。

"你也跟我一起去罗马吧！"时间老人一边说一边往木鞋里放了一些水，好让小马哈鱼能坚持到罗马。

可是，没走一会儿，"小木船"又碰到了一根大树枝。树枝横着落到了木鞋上，把青蛙、老鼠和小马哈鱼全都堵在了鞋里头。沉重的大树枝还把"小木船"压没了一大截。连时间老人的长筒袜也被水溅

湿了。

"快到罗马了！"时间老人自我安慰地说。

可是，被堵的青蛙、老鼠和小马哈鱼却不愿意了。小马哈鱼不停地抽打着尾巴，青蛙不停地乱跳，老鼠则四处乱窜，"小木船"被折腾得不停地摇来晃去。

为了不让"小木船"翻到河里去，时间老人用百合花叶子使劲地撑住"小木船"，连他的手上都磨起了水泡。

时间老人心想，水手的生活也是又危险又艰难的呀！可是已经走这么长时间了，罗马怎么还不到呢？

时间老人想，看来报纸上说的话也不一定准确。他开始怀疑"条条大道通罗马"的那句话了。由于"小木船"摇晃得太厉害了，时间老人感到有些恶心了，没过多长时间他就晕倒在"小木船"上了。

时间老人松开了百合花叶子。"小木船"开始在小河里自由地飘来荡去。后来树枝不知道挂到了什么东西上，弄得"小木船"在水里直打转儿。时间老人慢慢闭上了眼睛，什么也不知道了。再次醒来时他已经躺在了岸边上。

木鞋和树枝都不见了，它们可能是顺着河水漂走了。不过小马哈鱼还呆在河边的水里，它不停地用尾巴拍打着清凉的河水，将水珠溅到时间老人的脸上。青蛙则用一片大牛蒡草的叶子不停地扇着时间老人的额头。老鼠用两条后腿站立着，正在把一片盛着露水的菜叶子送到时间老人的唇边。时间老人用胳膊肘支撑着身子，喝着清凉的露水。他激动地说："谢谢，谢谢，我的朋友，感谢你们救了我的命！"时间老人说着便想站起来，可是他刚一起身就摔倒了。

"把我送回家吧！"时间老人对朋友们说。

于是，青蛙和老鼠将时间老人抬起放到一片牛蒡草的叶子上，青蛙又把叶子柄绑在老鼠的尾巴上，然后说了声："走吧！"就这样它们拉着时间老人顺着河边的草地往家里走去。老鼠在前边拉，青蛙在一旁照顾着时间老人，小马哈鱼则一边逆着水往回游，一边不住地用尾巴拍打着水面，水花一点一点地落到时间老人的脸上。时间老人感觉真是舒服极了！

天快黑的时候，它们终于把时间老人送回家中，这时，时间老人家里所有的其他小矮人们都出来迎接时间老人。

"哎呀呀！"当大伙儿看到原来总是精神抖擞的时间老人已经被折磨得如此不成样子时，都大声惊叫了起来。青蛙向大伙儿叙述了路上遇到的不幸。

小矮人们就把时间老人抬进屋里，让他安静地躺在靠窗户的床上，还给他端来一碗热气腾腾的牛奶。时间老人不好意思地喝完了牛奶，闭上眼睛甜甜地睡着了。

青蛙、老鼠和小马哈鱼告别了小矮人们各自回家去了。

黑夜过去了，新的一天又重新开始了。

时间老人又像从前一样神采奕奕、红光满面了。

可是，当别的小矮人请他讲讲去罗马的旅行情况时，他总是回答说："我没有时间，我现在必须坚守岗位看好我的时间！"

"哎呀呀！"小矮人们又一齐叫了起来，"时间老人真是一位名副其实的钟表大师呀！"

实践证明，虽然时间老人有当水手的美好愿望，但他永远也做不了水手，而只能做一名出色的钟表大师。

比莱尔比村的孩子

81

想当国王的孩子

[瑞典]埃纳尔·诺列柳斯　著

很久很久以前,有一个农民的儿子名叫马茨。马茨每天都要出去放牧。那时候,小男孩儿都得帮家里放牧的。可是时间一长,马茨就觉得放牧太没意思了,天天跟家里4只羊和2头牛在一起,马茨觉得无聊极了,整天什么新鲜事也遇不到。要是这样过一辈子那可真是白活了。

一天吃完晚饭后,马茨问:"妈妈,我明天干什么呀?"

"你说呢,马茨?"母亲说,"要不问你爸爸去吧。"

"放牧去。"父亲说。马茨一猜就知道父亲准会这么说。

第二天,马茨又跟那4只羊和2头牛无聊地待了一天。到了晚上吃过饭,马茨又问:"妈妈,我明天干什么呀?"

"这事最好去问你爸爸。"母亲回答说。

"去放牧吗?"马茨还没等父亲开口就抢先问。

"你说对了。"父亲说。

就这样过了好长一段时间。马茨白天放牧,晚上吃完饭就问父亲第二天该干什么,听了父亲的回答后,他就上床去睡觉。可是有一天晚上，马茨不再问了。父亲感到很纳闷。

"你不问明天干什么了吗？"父亲问。

"不问了。"马茨说，"因为我知道我自己该干什么了。"

"是吗？"父亲说，"干什么呢？"

"我要出一趟远门。"马茨说。

"哈哈！"父亲笑了，"你要出远门？要到哪儿去呢？"

"我要去当一个王子。"马茨说。

"然后再当国王是吗？"父亲说。

"你说对了。"马茨说，"我想我肯定能当上国王。我能读书会写字。我还能写山羊两个字，认识牛这个字。我还会数数。我们家有4只羊，另外还有2头牛。"

"4加2等于6。"父亲说，"我也会数数。明天，给你带上6块奶油面包上路。如果你当上了王子，以后你就用不着从家里带奶油面包了。"

"我只要3块面包就够了。"马茨自信地说。

"我对你有一个忠告。"父亲说，"因为在你没当上国王之前，我不能告诉你。"

"好吧，那我就等着。"马茨说完上床睡觉了。这一夜他睡得可香了。第二天早晨，母亲给他拿了3块奶油面包。马茨把面包放进背包，告别了父母出了家门。

马茨随便乱走了好长一段路，他一会儿朝东走，一会儿又朝西走，走着走着他开始感到肚子饿了。于是他找了个地方坐下来，拿出奶油面包吃了起来。起初他想只吃一块，可是奶油面包好吃极了，于是他忍不住又吃了一块。背包里只剩下一块面包了。马茨心想不能一下子全吃了，如果当不上王子，面包又都吃光了，到时候肚子饿了可怎么办呢！

他刚要继续赶路时，一位老大爷突然出现在他的面前。老大爷向马茨打了个招呼，然后就说马茨带着的奶油面包看上去味道好极了。

比莱尔比村的孩子

83

"这是母亲为我做的最好吃的奶油面包。"马茨说,"可是我已经吃了两块,现在只剩下这一块了,我要等到当上王子以后再吃。时间不早了,我应该走了。"

"你说的很对。"老大爷说,"不过,你要是能把最后这块面包送给我吃,我就可以满足你的所有愿望。"

"是真的吗?"马茨说着就把最后一块奶油面包递给了老大爷。

老大爷大口大口地吃了起来,马茨坐在一块石头上看着。老大爷刚吃完面包就说:"谢谢你,小家伙,我好久没有吃到这么好吃的东西了。看来我真得好好报答你。你现在就照我说的话一直往前走吧!记住,你的鼻子冲哪边你就大胆往哪边走,直到你看见一片湖水为止。在那个湖边有一个人刚好在钓鱼,假如那人不在湖边钓鱼,就说明他已经掉进湖里去了,你就要马上把他救上岸来。这以后的事情你就不用管了。好啦。再见吧!"

老大爷说完立即就不见了。马茨就按照老大爷说的,开始朝鼻子指的方向一直往前走。因为他有时扭头朝旁边看,这样鼻子也就跟着转了过去,所以他只好改变方向。马茨想:"这么走下去能走到哪儿呢?"

不过老大爷的话还真管用。马茨走着走着果真就看见了一片小湖。湖边的一块石头上果真坐着一个人正在那儿钓鱼。还没等马茨走到他跟前,只听"扑通"一声,那个人突然就掉进湖里去了。马茨赶紧跑过去,立刻跳进湖里,连拉带扯地把那人拉上了岸。

"谢谢你!"钓鱼的人说,"你叫什么名字?我能帮你什么忙吗?"

"我叫马茨,是个放牧的。我这次出门是想到外头走一走,还想当个王子。我随身带的面包都吃完了,所以我得要赶路了。"

"好极了!"钓鱼人说,"让我来帮帮你吧。我就是这个国家的国王。我看你很能干,又把我从湖里救了上来,所以你就当我的王子吧!请!"

"谢谢你,国王叔叔!"马茨说,他觉得当了王子就得这么称呼国王。就这样,国王带着马茨王子回到了王宫。国王换了一身干净的衣服,然后就跟马茨一起吃了顿饭。

就这样马茨像他希望的那样当上了王子。然而事情很快发生了变化,国王不想再当他的国王了。

"我当国王已经当够了。"国王说,"我想过个轻闲的晚年,所以我还想去钓鱼。"

于是马茨王子就成了马茨国王,他的愿望终于实现了。马茨坐在王位上,想着下一步应该干些什么。这时,在他面前出现了4个大臣和2个侍从,他们朝他深深地鞠躬。

"我现在应该干些什么呢?"马茨国王问。

"陛下该管理国家了。"第一个大臣说。另外3个大臣也挨个地说:"管理国家。"他们的话像回音一样,在大殿里一连重复了三遍,那声音听上去也很死板。侍从却什么话也没说,只是偶尔朝马茨鞠躬。

就这样,马茨开始管理自己的国家了。他整天东奔西跑,不管他走到哪儿都要带着那4个大臣和2个侍从。不管他说什么都能一连听到4个相同的回答,得到2个深深的鞠躬。日子就这样一天天地过去了。

后来马茨又问:"我现在应该干什么呀?"

第一个大臣立即回答说:

"陛下要管理国家。""管理国家,管理国家,管理国家……"另外3位大臣也这么说,然后侍从又是两鞠躬。

马茨心想:这样下去有什么意思呢!只有4个大臣和两个侍从,天天如此,这跟4只羊和2头牛有什么区别呢?现在我只不过不用放牧了。

马茨心想,那个老国王当够了国王钓鱼去了,看来钓鱼也比当国王强多了,每天钓上来的鱼还有个花样,有时钓上来的是条鲤鱼,有时是条马哈鱼,还有时……这种生活多有趣。

马茨一连想了好几天,最后他下定决心说:"我不干了!"

于是他取下王冠放在王冠架上，脱下王袍放进王袍柜子里，然后大步走出了王宫。天快黑的时候。马茨就回到了家里。这时，马茨的父母正坐在厨房里吃晚饭。

"你回来了。"父母说。

"回来了。"马茨回答说。

"坐下吃饭吧。"母亲把一个盘子放在马茨跟前说。

"怎么样？"父亲问。

"我吃完了3块奶油面包之后就当上王子了。"马茨说。

"是真的？"父亲说，"是因为妈妈做的面包特别好吃，对吗?!"

"后来我又当上了国王。"马茨嘴里含着还没咽下去的粥说。

"我说得一点没错吧。"父亲说，"现在你该知道我对你的忠告是什么了吧。"

"知道了。"马茨说，"当国王不能光想着到湖边去钓鱼。王袍又厚又暖和当然好，王冠戴在头上闪光发亮的确神气，可是无论走到哪儿身边总有4只羊和2头牛，他们只会不停地说管理国家，不停地鞠躬，实在太没意思了。"

"孩子，你说什么羊和牛？"父亲好奇地问。

"噢，我说错了，我的意思是……"马茨立刻纠正说，"我是说我身边的4个大臣和2个侍从，时间一长实在太枯燥无味了。现在我不再想离开家了，也不想当什么王子和国王了，我还是去放牧吧。"

"好孩子，这就是爸爸想要给你的忠告。"父亲说。

马茨点了点头。他终于理解了父亲的意思。

马茨上了床，舒舒服服地睡了一整夜。第二天早晨，他很早就起来了，清点了一下4只羊和2头牛，然后就赶着它们进了森林。在森林里，马茨坐在一块石头上，拿出小木笛随便地吹起了小曲。那4只羊和2头牛就在他身边欢蹦乱跳地吃着草。

饭桌下面的宴会

[瑞典]玛格雷塔·埃克斯特姆　著

"你看,饭桌的中间有一个四四方方的小窟窿哟。"彼德叔叔边说边把手放在饭桌上。

这是一张很古老的饭桌,应该有好几百年的历史了吧。桌子到处都是补丁。

"嘘!"玛格雷塔说,"维娅阿姨要祝酒了。"

但是彼德叔叔却不理那一套,他压低嗓门悄悄地说:"桌子中间的窟窿说不上是个陷阱呢。"

"嗯,"玛格雷塔说,"吃完饭可以把窟窿上边的盖儿打开,然后把桌子上的饭粒儿什么的扫下去,让住在下边的小东西斯莫拉也可以饱餐一顿。"

蜡烛呼呼地燃烧着,蜡油一滴一滴地往下滚。

"亲爱的女主人,在今天这个盛大的日子里……"维娅阿姨开始说祝酒词了。

"你可以写一篇童话故事了。"彼德叔叔在下面悄悄地说。

"写什么童话故事呀?"玛格雷塔问。

"写一个小东西斯莫拉的童话故事,"彼德叔叔说,"还有关于别的……"

"嗯……"玛格雷塔说着点了点头。

"哎哟,我的上帝,要写一个关于我的童话故事。"小东西斯莫拉叽叽地叫着,她咬了咬嘴唇,"说不定我的照片还能登上报纸呢。如果那样我的好多秘密都要传出去了。不行!决不能传出去!天哪,那样就太可怕了!"

小东西斯莫拉在饭桌下面倾听着人们一边吃饭一边说笑。她站起身赶紧把屋顶盖的插销插上了。

"好了,这下这些记者和作家们就不会发现我了。"小东西说,然后她四下环视着自己漂亮的小厨房。厨房里有一个竹篮子,里面装着人们每顿饭剩下的面包渣;还有一个小玻璃瓶装着丽莎每次掉到地板上的果酱;另外还有半个核桃壳儿,里面装着那次彼利和克里斯蒂安打黄油仗时扔在地上的黄油。房顶上还挂着一只螃蟹腿,这是去年秋天人们吃螃蟹时留下的纪念品。

小东西斯莫拉一点儿也不缺吃的,可就是缺少亮光。要是桌子中间的那个窟窿的盖关上,再插上插销,那她的屋子里就是漆黑一片了。平时还能从地板上反射一点亮光,但是今天的饭桌四周全都坐满了客人,把光亮全都给挡住了。

开始上热菜了,第一道是煎牛排,另一道是煮土豆。

"要是把盖子稍稍打开一道缝儿该多好啊!"小东西斯莫拉叹着气说,"这样说不定能掉下来一小块牛排来,这样我也就可以好好享受享受了。今天来的客人中有好几位都是记者,唉,我可不敢爬到桌面上去,要是被他们宣扬出去那可就不好了。"

饭桌上传来刀叉碰击盘子的叮当声,人们又说又笑,不住地夸奖牛排好吃。斯莫拉听了直流口水,心想哪怕能吃上一小口也好啊!

"嘿,我有这么多吃的,"小东西斯莫拉想,"为什么不把我的客人也都请来饱饱地美餐一顿呢?"

想到这儿，小东西斯莫拉站起身，顺着饭桌的边沿走到了桌腿旁。木头虫在饭桌腿上建造了一座电梯。斯莫拉按了一下电钮，可是没有动静。饭桌的角上住着一只蜘蛛和一只老态龙钟的过冬苍蝇。

　　"喂，邻居们，"小东西斯莫拉喊叫着，"电梯为什么不能用了？"

　　可是，斯莫拉的喊声被饭桌上的欢声笑语给淹没了。斯莫拉只好沿着桌腿上的台阶一阶一阶往下走，一直走到桌底下一双不住地颤抖着的巨大的黑牛皮皮鞋上。最后斯莫拉来到了北面的墙根下。那儿住着两个灰尘姐妹和她们的外甥小布毛。

　　"你们愿意参加我的宴会吗？"小东西斯莫拉问灰尘姐妹。

　　"愿意。"灰尘姐妹点着头说，"不过我们先得把头梳一梳，让小布毛先跟你去吧。"

　　斯莫拉带着小布毛又来到一个18世纪的橱柜前。这时候，特别小的小东西巴蒂娜一家正在吃晚饭。柜子里还住着一只小老鼠，不过它的个头太大，跟小东西斯莫拉很不相配。因为这是斯莫拉有生以来第一次举行如此盛大的宴会，所以她把老鼠也请上了。

　　"我们参加！谢谢，我们都参加！"巴蒂娜一家还有小老鼠都高兴地接受了邀请。就连住在大座钟里的布谷鸟也出来一边数数一边喊："行，谢谢！行，谢谢！"而且布谷鸟一连叫了12下。

　　一把专门会裁剪连衣裙和西服的剪刀蹦蹦跳跳地来到屋子里，它也争着要参加斯莫拉的宴会。

　　"咱们一共请了多少人啊？"斯莫拉问小布毛。可是小布毛只顾着玩窗帘上的铁环，他忘记数了。

　　"算了，估计差不多了。"小东西斯莫拉说，她生怕请多了自己家里的食物不够吃。

　　在回家的路上，斯莫拉也想把蜘蛛和老苍蝇请上。可是，蜘蛛说他要晚到一会儿，因为今天晚上他必须值班。过冬苍蝇则坐在家里看电视。

　　"你明明知道我不能去，为什么还要请我？"老苍蝇嗡嗡地叫着说。

比莱尔比村的孩子

"我是不打算请你的,可是怕你生气呀。"斯莫拉回答说。

"你说什么? 你为什么不想请我?"苍蝇非常伤心地说,然后哐啷一声关上了门,还差点挤了斯莫拉的脚。

回到家里,斯莫拉匆匆忙忙点上人们烧剩下的蜡烛头,一片宁静的黄光立刻照亮了宴会桌。接着,斯莫拉摆上面包、黄油和奶酪。

斯莫拉是个细心的小东西,她还把洒落在桌子上的酒全都收集了起来,然后倒进水珠大小的玻璃杯子里,一个一个地摆在餐桌上。

斯莫拉忙着布置餐桌的时候,小布毛就站在凳子上,打开了屋顶上的插销。他小心翼翼地把头探出桌面看了看,客人们的欢笑声一下子传进了斯莫拉的小屋里。

"你在干什么,小家伙?"斯莫拉喊叫道,"快关上门,那 17 个客人中刚好有几个是记者和作家,他们刚才正在说要写我的事呢。"

话音刚落,一大块牛肉蹦蹦跳跳地落到了她的餐桌上。

对桌面上的客人来说,这只是一块很小很小的牛肉渣,可对小东西斯莫拉来说,这可是一块特别大的牛肉了。牛肉掉到斯莫拉的餐桌上,差点把桌子都给砸翻了。有了这么一大块牛肉,斯莫拉的宴会显得更加丰盛了。

没过多长时间,斯莫拉的客人们陆续都到齐了。他们一个个有秩序地从电梯上走了出来,高兴地围坐在餐桌旁。

"咦,我的叉子上的那块牛肉哪儿去了?"彼德叔叔笑嘻嘻地说。

"嗯,嗯。"玛格雷塔此时正在跟坐在身边的斯太凡说话儿,就没理睬彼德叔叔。

"有可能掉到桌子中间的那个小窟窿里去了。"彼德叔叔自言自语地说。

"让小东西斯莫拉给吃了吧。"玛格雷塔不耐烦地笑着说。

"亲爱的小东西斯莫拉,在今天这个盛大的日子里……"

剪刀因为还没吃饱,所以它连忙打断她的话说:"等会儿再祝酒吧,我还没有吃饱呢。"

"别着急,慢慢吃吧。"布谷鸟一边笑一边说。

"大伙儿尽情地吃喝、说笑吧!"小东西斯莫拉说。

就这样他们整整欢聚了一个晚上,过冬的老苍蝇一夜都没合眼,它给一家报纸写了一篇报道,题目是:《一个自己受到邀请但因时机不好而不能参加的宴会结束了》。

第二天早晨,彼德叔叔把耳朵贴着饭桌面上一动不动地听了好半天。

他什么也没听到,原来饭桌下面的宴会早已经结束了,客人们都回家睡觉去了。

客人们离去后,小东西斯莫拉把自己的屋子打扫得干干净净,然后又把屋顶盖稍稍推开了一道缝透了透气,她可不想留下一点儿宴会的痕迹,以免被那些好事的记者和作家们发现而宣扬出去。

收拾完毕,小东西斯莫拉蜷着身子舒舒服服地躺在一根鸡毛上睡着了。

奶酪屋顶

[瑞典]格奥尔·斯太芬　著

在密林深处有一座山，山上住着一位凶恶的老妖婆。这个老妖婆的眼神儿不太好，但她特别喜爱吃小孩儿的肉，所以她常常在屋顶上放一些奶酪来引诱周围的小男孩儿和小姑娘。她只要抓住一个小孩儿，就把小孩儿放进烤炉里烤熟后吃掉。

在离老妖婆家不远的一个地方，住着一位穷苦的农民，他有一个儿子和一个女儿。有一天，家里实在没有吃的了，农民就让两个孩子到森林里去采些野果回来吃。两个孩子来到了老妖婆住的山上，看到老妖婆的房顶上全都是奶酪。于是，他俩悄悄地来到屋子跟前，想弄点奶酪回家里吃。

男孩儿慢慢地爬上了屋顶。虽然老妖婆眼睛不好使，可耳朵却很灵敏。她听到屋顶上有人的脚步声，便大喊道："是谁上了我的屋顶？"

男孩儿小声地说："是我，我是上帝派来的小天使，上帝的小天使。"

"噢，怪不得声音那么小呢。"老妖婆说完没再吱声了。男孩儿抓起一大块奶酪，又悄悄地从房顶上爬了下来。

第二天,两个孩子又到老妖婆住着的山上来。这次小女孩儿也要跟着爬到屋顶上去,男孩儿提醒她一定要小心。正当他们上了屋顶准备拿奶酪时,又听到老妖婆喊道:"是谁上了我的屋顶?"

男孩儿又小声回答说:"是我们,我们是上帝派来的小天使,上帝的小天使呀。"

可是小女孩儿从不会说谎,所以她赶忙接着说:"不对,我们不是小天使。"

这下老妖婆的魔法便在两个孩子的身上生效了。就听到屋顶哗啦一声塌了下来,两个孩子头朝下掉进了老妖婆的屋子里。

"噢,原来是你们俩呀,真是一对美丽可爱的小天使啊!"老妖婆奸笑地说,"好极了,我又可以美餐一顿了。快告诉我,你们的妈妈是怎样杀猪的?"

"嗯,她是用刀子割猪的脖子。"女孩儿抢先说。

"不对,"男孩儿赶紧纠正女孩儿说,"她先用绳子把猪捆住。"

"好,那我也先用绳子把你们俩先捆起来。"老妖婆说着就拿来一根绳子先把男孩儿捆住。男孩儿刚被捆好就扑通一声倒在地上,像死了一样。

"你死了吗?"老妖婆好奇问。

"嗯,我死了。"男孩儿回答说。

"不对,"老妖婆说,"你没死,要是死了怎么会说话呀?"

男孩儿回答说:"我之所以说话就是想告诉你,我妈妈在杀猪之前总是先把猪喂得胖胖的。"

"好,那我就先把你们喂得胖胖的,然后再杀你们。"老妖婆说。

于是老妖婆抱起两个孩子,把他们放进了一间小黑屋子里,然后问:"你们的妈妈是怎么把猪喂胖的?"

"用麦糠喂。"嘴快的女孩儿又抢先回答说。

"不对,"男孩儿又赶紧纠正她说,"妈妈是用核桃仁和甜牛奶喂的。"

"好，那我也用这些东西来喂你们吧。"老妖婆用干涩的嗓子说。

一天，老妖婆来到小黑屋里，她想看看两个孩子是不是已经长胖了。

"把手指头伸出来。"老妖婆喊叫道，"让我摸摸你们，看看是不是长胖了。"

小女孩儿听了，正想把自己的手指伸给老妖婆，男孩儿赶紧一把将她推到了一边，然后抓起一根细木棍伸给了老妖婆。老妖婆摸了摸细木棍说："唉，你们怎么还是这么瘦呀，看来还得再喂一段时间才行。"于是，她每天又加大了给两个孩子吃的核桃仁和牛奶的分量。两个孩子吃得可带劲儿了。

几天以后，老妖婆又过来看两个孩子是不是喂胖了。

"把手伸出来。"老妖婆喊道，"让我用刀扎扎你们是不是长胖了。"

男孩儿不知从哪儿找来了一个白菜头递给了老妖婆。老妖婆用刀子捅了一下白菜头，刀子一下捅进去很深。老妖婆感觉两个孩子已经长得够胖了，就把两个孩子抱到烤炉跟前。烤炉下面已经燃烧着熊熊的火焰。

"准备好了吧？"老妖婆对两个孩子说，"现在你们谁先站到我这个大烤铲上来？"

小女孩儿傻乎乎地刚要跳到铲子上面，就被男孩儿推到了一旁。男孩儿自己先站到了大铲子上。老妖婆端起铲子刚要往烤炉里放时，男孩儿的身子故意一歪从铲子上摔了下来。老妖婆让他赶快重新上来，可男孩儿还像刚才一样又从铲子上摔了下来。这样一连试了好几次都不行。老妖婆显出很不高兴的样子。男孩儿也显出很着急的样子，最后他恳求老妖婆给他做个示范，看他怎样才能在铲子上站稳而不摔下来。

比莱尔比村的孩子

世界少年经典文学丛书

SHIJIE SHAONIAN JINGDIAN WENXUE CONGSHU

　　老妖婆二话没说就跳到了大烤铲上。说时迟那时快,男孩儿飞快地端起烤铲把老妖婆扔进了烤炉里,然后迅速关上了烤炉的门。

　　老妖婆被烤死了,两个孩子带上老妖婆的奶酪回家去了。

　　那个老妖婆是不是已经烤熟了,成了肉饼,谁也不知道,因为直到今天也没有人敢打开那个烤炉看一看。

偷巨人宝贝的小伙子

[瑞典]格奥尔·斯太芬　著

　　从前有一位贫苦的农民,他有三个儿子。白天两个大儿子总要跟着父亲到森林和田地里去干活,而老三则待在家里帮着妈妈做些家务。因为老三总是不出门干活,两个哥哥都很嫉妒他,有时候趁父母不在身边还欺负他。

　　后来爹妈死了,兄弟三人就开始分家产。结果两个哥哥把值钱的东西都拿走了,没给老三留任何值钱的东西,只给了他一只大木盆。

　　"这只大木盆就留给老三吧,可以用它来洗澡,也可以当船划。"两个哥哥说。

　　老三心想,这件东西虽然很破旧了,可总算是爹妈留下来的财产,他答应了只要这只大木盆。

　　自从分家以后,老三总觉得在家呆着没意思,后来他告别了两个哥哥离家出走了。

　　老三没有目标地四处流浪,后来有个湖挡住了他的去路,于是老三用麻絮把木盆缝堵严,然后找来两根木棍当桨,他坐着大木盆渡到了湖对岸。

湖对岸就是宏伟的王宫。老三想了想就朝王宫走过去。

来到王宫门口,老三对守卫的士兵说他想求见国王。

国王见了老三后问他来求见自己有什么事。老三说:"我是一个穷苦农民的儿子,除了一只破木盆外,两手空空的什么也没有,因而我想在王宫找点事情做。"

国王听后笑着说:"虽然你的木盆破了,可说不准什么时候就能派上用场,也许还能给你带来幸福呢。"

就这样,国王把老三留下当仆人。因为老三特别聪明能干,所以很讨国王的欢心。

国王只有一个女儿,已经到了结婚的年龄。到王宫来求婚的王子和骑士不计其数,可是全被公主拒绝了,因为他们当中没有一个人能符合公主的条件。公主要向她求婚的人把住在湖对岸的巨人的四件宝贝送给她。这四件宝贝是:一把金剑、三只金鸡、一盏金灯和一把金竖琴。许多骑士和王子想尽了各种各样的办法也没能从巨人那里拿到这四件宝贝,不仅如此,凡是到了巨人那里的人竟然没有一个活着回来的,他们全被巨人抓去吃掉了。国王觉得自己的女儿不能没有丈夫,否则他死后就没有人继承他的王位了。

老三听说这件事后,也想试试自己的运气,如果成功了公主就会嫁给他,那样的话他就是世界上最幸福的人了。

一天,老三把自己的想法跟国王说了。可国王对他却不抱任何希望,国王说:"你的个头这么小,连英勇的骑士们都干不成的事,你怎么能成功呢?"可老三还是坚持自己的想法,他执意请求国王让他去碰碰运气。国王见老三这么坚决,就答应了他的请求。国王说:"这可关系到你的性命,你一定要自己多加小心。"就这样老三告别了国王找巨人去了。

老三来到湖边,划着自己的大木盆又回到了湖对岸。这时天色已经黑了,他蹑手蹑脚地来到巨人住的地方,把自己藏在房根下,一直躲到第二天早晨。

第二天一大早,天还没有亮,巨人就爬起来,拿着连枷到粮仓打麦子去了。

老三从地上捡了一把小石头装进口袋,然后悄悄地爬到粮仓顶上,将谷仓掏了一个窟窿,这样粮仓里发生的一切他就能看得清清楚楚。他看见了巨人的腰上挂着那把金剑,每当巨人举起连枷打麦子的时候,金剑就会发出悦耳的响声。老三从口袋里掏出一块小石头投向金剑,只听金剑当啷一声。

"你叫唤什么?"巨人不满地对金剑吼道,"别惹我生气,不然的话我就不挂着你了。"说完巨人又继续打麦子。

可是没过一会儿,金剑又响了一声,当然这又是老三用石头砸的。巨人没在意,继续打麦子。等金剑响了第三声的时候,巨人实在忍不住了,他气呼呼地解下挂金剑的腰带,把它扔到了门口的地上。

"给我老老实实地待着吧!"巨人对金剑说。

老三趁机偷偷地从房顶上溜了下来,溜到门口,提起宝剑就朝湖边跑去。到了湖岸边他跳上大木盆一口气划到了对岸,找个地方把宝剑藏起来。第一件宝贝弄到手了,老三心里感到美滋滋的。

第二天,老三装了一口袋麦粒,带了一把麻绳,又来到巨人住的地方。他躲在墙根下窥视着巨人屋里的动静,忽然老三发现巨人的三只金鸡向湖边走去。三只金鸡不断地扇动着翅膀,金色的羽毛在阳光下闪闪发光。老三也跟着来到湖边,他从口袋里掏出一把麦粒引诱那三只金鸡,一边喂一边慢慢地往停在湖边的大木盆移动,终于把三只金鸡引上了大木盆。于是老三赶紧跳上大木盆,把三只金鸡用麻绳一只一只地绑了起来,然后他以最快的速度划着大木盆再次回到湖对岸,老三把金鸡也藏在一个没人能发现的地方。

第三天,老三又抓了一大把盐粒放进自己的口袋,划着大木盆偷偷来到湖对岸。这时天已经黑糊糊的了,巨人房顶上的烟囱里冒出了黑烟,老三知道这是巨人的老婆正在做晚饭。于是他又悄悄地爬上房顶,从天窗往下看,老三发现屋里的炉灶上正放着一口特大的锅,锅里的稀粥正咕嘟咕嘟地冒泡儿呢。于是老三从口袋里抓出一大把盐粒从天窗上撒到大锅里,然后又一声不响地从房顶爬下来,躲在墙根下等着看热闹。

过了一会儿,巨人的老婆把锅从灶上端下来,用勺子搅拌了几下,然后盛了两大碗放到饭桌上。巨人这会儿已经饿得不行了,他立刻端起碗来大口大口地吃了起来,刚吃了几口,巨人便感觉稀粥又咸又苦,于是噌的一下站了起来,气冲冲地冲老太婆大吼大叫。巨人老婆赶紧给他赔不是。

没办法,巨人老婆只得再重新煮一锅粥。于是她提起水桶,从墙上摘下金灯,急急忙忙地跑到井边去打水。到了井边,她把金灯放在一边,便弯腰去打水。她只顾打水,没注意到老三已经悄悄地溜到她的身后。老三猛地搂住了老妖婆的双脚,使劲儿往上一抱,老妖婆便头朝下脚朝上一头栽进了井里。老三赶紧提起金灯,以最快的速度奔到湖边,高高兴兴地划着大木盆回到了湖对岸。

巨人待在家里左等右等,总不见老婆回来。后来他实在等不及了,就出门去找。可找了半天也不见老婆子的影子。当他来到水井边上时,猛然听到老太婆在井里挣扎的喊叫声。巨人明白了,老太婆一定是不小心掉进井里了。于是巨人赶紧找了一根绳子,费了很大劲儿才把老太婆从井里拉上来。

"咦,奇怪,我的金灯哪儿去了?"巨人喊叫着。

"不知道。"巨人老婆说,"我刚才打水时有人抱住我的双脚把我推进了井里。"

听到这里,巨人气呼呼地直喘粗气,说:"好啊!我的三件宝贝都被人偷走了,现在就剩下一把金竖琴了,无论如何再也不能叫人偷走了。我要用 12 把锁把我的琴锁起来。"于是巨人找了 12 把大锁把金竖琴锁进了柜子里。

　　老三回到湖对岸把金灯藏好了,心想巨人的三件宝贝已经弄到手了,最后那件宝贝怎样才能拿到手呢? 他想了好久也没想出个好法子,只好又返回湖对岸巨人住的地方等待时机。

　　可谁知老三刚走到巨人的房子跟前就被巨人发现了。巨人吼叫着冲过来抓住了他。

　　"这下可抓住你了,你这个小偷。"巨人恶狠狠地说,"看来就是你偷了我的剑、我的三只鸡和金灯。"

　　老三心想这下完蛋了,非被巨人给吃了不可。但是他转念一想,装出很可怜的样子求饶说:"别杀我,老爹爹! 我以后再也不到这儿来了。"

　　巨人吼叫着说:"不行,别人的下场就是你的下场。今天你就别想从我的手心里逃出去。"巨人说完就把老三关进一间小黑屋里。巨人整天让老三吃核桃仁喝牛奶,原来他是想让老三长肥一点儿后再把他杀死吃肉。

　　老三被关在小黑屋里,整天好吃好喝。过了一段时间后,巨人便来到小黑屋前,在墙上钻了一个窟窿,让老三把一个手指伸出来。老三很聪明,他当然知道巨人心里藏的什么鬼主意,于是便把一根没有皮的小树棍从洞口伸给了巨人。巨人用手摸了摸,觉得太瘦,还得再养一阵才行。

　　又过了一段时间,巨人又来到黑屋跟前,他让老三从墙洞里再把手指伸出来。这回老三伸出来的却是一个白菜头,巨人用刀子割了一下,觉得这次够肥了,手指上的肉也够厚了。

　　第二天一早,巨人对老婆说:"老婆子,那小子长肥了,去把他领来放到烤炉里烤烤吃了吧! 我去把我们的朋友们也都请来,跟我们一起尝尝这小子的肉。"

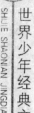

老太婆点点头，就去点烤炉，然后把老三从小黑屋里带到烤炉前。"快站到大铲子上来！"老妖婆大声吼叫着说。

老三照她说的站到了大铲子上。可是当老太婆刚端起铲子时，老三就身子一歪从铲子上掉到了地上。就这样接连试了 10 次，老三就是站不住。最后老太婆生气地骂他笨，可老三却说，他从来没站过这样的铲子。

"等一下，让我来教教你吧。"老太婆说着自己就盘着腿坐在了铲子上。她刚刚坐稳，老三就抓住铲子把老太婆端起来立即送进了烤炉里，然后迅速关上了炉门。接着老三又把老太婆的皮袄里头塞上稻草放到床上，找出巨人那串钥匙打开了柜子上的 12 道锁，抱着那把金竖琴一直朝湖边跑去。

没过多久巨人回来了。"咦，老婆子到哪儿去了？"巨人心里很纳闷。"嗯，说不定她上床睡觉去了。"

可是，客人都快到齐了，仍不见老太婆出来。于是巨人就到里屋去叫她："喂，起床了，老婆子！客人都快到齐了。"可是屋里没人回答。巨人又叫了一声，还是听不到回答，这时候巨人生气了，走进屋里推推床上的皮袄，才发现躺在床上的根本不是他的老婆，而是一大包稻草。巨人气极了，赶紧跑去看自己的那把金竖琴。可是，那串钥匙不见了，柜子上的 12 把锁也全都被打开了，巨人的金竖琴也不见了。巨人又赶紧走到烤炉前，看看食品有没有烤好，他打开炉门一看，自己的老婆已经在烤炉里被烤焦了。

巨人不顾一切地冲出屋门，当他来到湖边时，看见老三正坐着大木盆划到了湖中心，而金竖琴就放在他身边。湖水很深，巨人根本无法到湖里去抓老三，他就大口大口地喝起水来，他想把湖水喝干。湖水像一条急流，一个劲地往巨人的口里流，大木盆不能往前走了，反而直向后退。在巨人马上就要抓住老三时，因用力过猛肚子突然一下子爆炸了，巨人肚子里的水又流回湖里，巨大的浪头把大木盆一下子冲到了对岸。

巨人躺在地上死了。老三高高兴兴地上了对岸。他梳了梳自己金黄色的头发，把金剑挂在腰上、一只手拿着金竖琴，一只手提着金灯，赶着三只金鸡向王宫走去。

国王看见老三带着巨人的四件宝贝回来了，简直高兴坏了。老三走到美丽的公主面前，恭恭敬敬地行了个礼，然后把巨人的四件宝贝献给了公主。

就这样，公主不仅得到了巨人的宝贝，而且也得到了一位英俊、勇敢的小伙子的爱情。后来国王为他们举行了隆重的婚礼。国王死后，老三便继承了王位，一直活到了 100 岁。

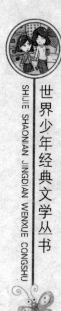

船工与巨人

[瑞典]阿兰·舒曼　著

　　从前,有一条斯考纳的大轮船越过大洋来到了一个陌生的地方。一天夜里,莫名其妙地刮起了一阵大风,船被大风刮沉了,然后又被浪涛推到了一个沙滩上。好在船上的人死里逃生,全都活着爬上了一个海岛。

　　清晨,船工们看见他们的船陷进了泥沙中,他们想尽各种方法也没能把船从泥沙中拖出来。后来,船工们不得不暂时在岛上住下来。

　　这是一个很大的海岛,四周荒无人烟。船工们只能靠从家里带来的食品艰难地维持着生计。

　　一个月过去了,两个月过去了。有一天晚上,当船工们正围着火堆做晚饭时,一个陌生人突然来到他们中间。这个人是从哪儿来的,是怎么来的呢,谁也搞不清楚。使船工们感到更加惊讶的是,这个人竟然会说瑞典话,而且还带着古老的腔调。

　　"请问你们有谁是从斯考纳来的?"陌生人问。

　　船工们你看看我,我看看你,谁都没吱声。后来有一个胆大点儿的船工回答说他们当中有好几个人都是斯考纳人。胆大的船工还询问那个陌生人是干什么的。

"我的主人让我来问候你们，主人就住在海岛的另一边。他盼了好几百年了，就盼着有斯考纳的人能到这个岛上来。现在，你们终于来了，他非常想见你们其中的任一个人。谁要是愿意，请跟我一块去见他，肯定会有好处的。"

船工们互相看了看，心中奇怪一个人怎么能活上好几百年呢？

过了一会儿，有个年轻的船工站了出来，说他愿意去见见陌生的斯考纳人。就这样，年轻的船工跟着陌生人一直朝海岛的深处走去。道路弯弯曲曲，很难走，可那个陌生人走起来却是轻飘飘的，一点儿也不费劲的样子。船工感到很纳闷，心想这个人说不定是个妖怪。但是，年轻的船工一点儿也不害怕，他紧紧地跟在陌生人的身后。

最后，船工和陌生人爬上了一座山，然后又到了一个峡谷。峡谷的两边全是悬崖峭壁。这时，就见陌生人用手里的拐杖对着峭壁"笃笃"敲了几下，船工还没搞清楚是怎么回事，陌生人突然就不见了。只听见轰隆隆一声巨响，峭壁突然裂开了一个大口子，从里面走出来一个巨人。这个巨人的身材有 5 个船工那么高，头发很长，灰色的皮肤，脸上布满了皱纹。巨人在附近找了一块大石头坐下，然后上下打量着船工。

"噢，你就是从斯考纳来的人？"巨人粗声粗气地说，"你叫什么名字？"

"我叫蒙斯·蒙松。"船工说，"那你叫什么呢？"

巨人惊奇地打量着船工，然后哈哈大笑起来，笑得差点就从石头上摔到地上。

"朋友，我是巨人，我的名字叫吉乐。请问你知道吉斯洛在什么地方吗？"

船工当然知道这地方，因为他家离吉斯洛很近。

"我已经等了你好久。"巨人咕哝着说，"是这么回事，我有一件贵重的礼物要交给一个吉斯洛的好朋友，这个好朋友就是斯文·努林的

比莱尔比村的孩子

女儿,她的名字叫麦塔·努林。我想让你把这份礼物带给她。"

　　船工苦笑了一下,说他自己还不知要等上多少年才能返回家乡呢,而且还说他们的船陷进了泥沙里,现在就是想走也走不掉了。

　　"这你用不着发愁。"巨人说,"我想办法把你们的船从泥沙中拖出来,让你们安安稳稳地回到家乡。如果你们能帮我的忙,我定会好好地谢谢你。"巨人停了一会儿说,"等你把礼物交给麦塔之后,你就到吉斯洛河边去,那儿有一个用石头制造的墓碑,上面就写着我的名字。我送给你一把金钥匙,你把它插进石门下面那块石头上的窟窿里,然后喊:'石门开! 石门开!'到时候你就会看到你所要的东西。不过你一定要切记:石门打开之后,你千万不能转身向后看。按照我说的去做,你肯定会得到我对你的奖赏。"

　　巨人说着便把金钥匙和一个装礼物的小木头盒子交给了船工。

　　船工不知道巨人说的话是真是假,不过他很想碰碰运气,于是答应了巨人的请求。

　　"你能很快到家的。"巨人粗声粗气地说,"现在你就跟你的伙伴们一起到船上去吧,其他一切由我来安排。"

　　船工找到自己的伙伴,把事情一五一十地说了一遍,可是大伙儿不仅不相信他,反而嘲笑他。

　　在年轻船工的一再劝说下,大伙儿终于很不乐意地上了船。

　　当最后一个人登上船时,突然就刮起了风。风越刮越凶猛,陷进泥沙的船在大风的吹动下开始滑动了。不一会儿船就漂在水面上了,然后朝着远离海岛的方向驶去。年轻的船工远远地看见了海岛上的巨人正在向他招手,原来是巨人吹出的风把船从泥沙里推了出来。

　　几个星期以后,船终于平安回到了斯考纳。下了船,年轻的船工便立即赶往吉斯洛。

　　年轻的船工是个讲信用的人,他决心要帮助巨人找到他的朋友。年轻的船工也是个十分好奇的人,一路上,他一直在琢磨着巨人送给朋友的小木盒子里究竟装着什么特别贵重的东西。

等快到吉斯洛时，船工决定打开小木盒，想看看里面究竟装的是什么重要的东西。他来到一片无人的小树林里，然后解开捆着小木盒的绳子，打开盒盖。哇，船工惊奇地看到盒子里装着一条四周镶着宝石的精美的金腰带。

　　船工想仔细看看这条金腰带，他就把腰带从盒子里拿出来，系在旁边的一棵橡树上。然后向后退了好几步。

　　忽然，奇怪的现象发生了，那棵橡树突然被连根拔起飞上了天，一转眼的工夫就不见了。

　　原来，这是一条魔带！船工吓坏了，心想如果麦塔系上了这条腰带，肯定会跟这棵树一样被带走。

　　船工决定去找麦塔，把这件事情原原本本地告诉她。

　　他继续向前走，一路上不断打听麦塔·努林住在什么地方。当他向一个农夫打听时，农夫先是看了他一眼，然后撒腿就跑，船工又接连问了好几个人，可是这些人的反应几乎都跟那个农夫一样。船工不明白人们为什么一听到麦塔·努林就这样害怕。

　　最后，船工来到一座教堂前，站在教堂门口的牧师听说船工要找斯文·努林的女儿，他的脸都被吓白了，赶紧拉着船工进了教堂。牧师贴着船工的耳朵说，斯文·努林是至今还活着的一个巨人。在很久以前，这个地区曾经有两个巨人家族，他们之间互相残杀，搅得周围的老百姓不得安宁。一个巨人家族的首领叫斯文·努林，另一个巨人家族的首领叫吉乐。斯文家族为人和善，愿意与当地老百姓友好相处，而吉乐家族不仅想统治所有的巨人，而且也想统治所有的人类，正因为这样他们给这儿的人们制造了许许多多的灾难。后来，吉乐家族被斯文家族打败了，吉乐一家跑到没人知道的地方躲了起来。但吉乐一直不死心，他一直在想办法报复，发誓一定要把斯文·努林的女儿麦塔抢到手。吉乐非常会使用魔法，给人类造成各种各样的灾难。斯文·努林一直想把吉乐干掉，可就是不知道他现在躲在什么地方。

　　船工听了牧师的讲述后，不禁大吃一惊，心想他差点上了巨人吉乐的当。不过，因好奇心的驱使他很想看看吉乐所说的那个石墓里到底有些什么东西。于是，他又来到河边，找到了那座石墓。船工仔细地寻找，终于在最下面的那块石头上发现有个窟窿。于是，他取出吉乐送给他的那把金钥匙，试着插了进去，然后船工提高嗓门喊了一声："石门开！石门开！"

话音刚落，石门果真"吱"的一声打开了，只见里面放着一个大箱子。箱子盖敞开着，箱子里面装满了珠宝、金币和银币。船工高兴极了，心想这些东西足够他用一辈子的了。船工生怕被别人看见，转身朝四周看了看。可是，就当他回头时，只听见石门轰的一声关上了，石墓变成了一堆石头，而大箱子也不见了。这时，船工突然想起了巨人吉乐嘱咐过他的话，不要往后看。

船工后悔没能记住巨人说过的话，痛心疾首地坐在一块石头上。正当他不知如何是好的时候，突然感到有一只手搭在了他的肩膀上。他抬头一看，只见面前站着一位皮肤白嫩、美丽动人的姑娘。姑娘的个头很高，穿着一件白色连衣裙。她正微笑着看着船工。

"你是什么人，从哪儿来的？"船工一边问一边站起身。

姑娘仍然对他微笑着。

"别怕，我是斯文·努林的女儿麦塔。"

船工惊恐地向后退了几步，他对这个名字太熟悉了。

"这么说你也是巨人？"他问。

麦塔微笑着点了点头。

"是的，我是巨人。不过，我们家族中的人现在都没有过去高了，因为我们都想像你们人类一样地生活。只是那个可恨的吉乐仍然活着，所以我们还不能一下子变得跟你们一样小。"

麦塔说着，就在旁边的一块石头上坐了下来。

"我知道是你救了我。如果我把那条腰带系在身上，那么，我现在肯定已经被带到恶魔吉乐那里去了，这样他就会让我干出各种坏事。现在，我们需要你帮助我们消灭吉乐。"

麦塔还说,只要船工带领巨人们找到吉乐,他将会得到丰厚的报酬。

船工爽快地答应了麦塔的请求。

年轻的船工带着斯文·努林家族的巨人乘着一艘大船去找巨人吉乐了。

在巨人家族中,斯文·努林的个头最高,而且身体也最强壮。这时,他正站在船头不断地向远处瞭望。

船在海上航行了好几天,可却一直看不见海岛的影子。

一天,船工躺在甲板上晒太阳。他一翻身突然看见了海水下面的岩石和山峰,形状很像他曾经见到过的那个海岛。于是,他马上把这一发现报告了斯文·努林。斯文·努林想:“这肯定是那个可恶的吉乐知道我来找他决斗,就用魔法把那个海岛沉到了海水下面。”

就在这时,海岛开始慢慢地浮出水面。船工看清楚了,这正是他们要找的那座海岛。斯文·努林赶紧带领手下的人冲出船舱,上了海岛,只留下船工一个人待在船上。

没过多长时间,斯文·努林就带着手下的人高高兴兴地回来了。

原来,巨人吉乐在急急忙忙逃跑的时候,只顾着把海岛沉到海面之下,而他自己却没来得及钻进山洞里躲藏起来,竟然被海水活活淹死了。

为了感谢年轻的船工,斯文·努林决定把吉乐的所有财宝全都赏给船工,还把女儿麦塔也嫁给了船工。

从此以后,斯文·努林带着巨人家族过上了像人类一样的生活。吉斯洛地区也再没有巨人来捣乱了。

比莱尔比村的孩子

助人为乐的妖怪

[瑞典]阿兰·舒曼 著

　　从前，有一个农夫住在瑞典南方一个叫土尔路萨的小镇。他的邻居们对他不怀好意，总想霸占他的土地。他们想了许多办法欺骗这个农夫。在一个晴朗的日子里，邻居们终于把农夫的田地霸占了去。农夫失去了土地，就没法生活下去，他决定去找国王评理。

　　公正善良的国王裁定，农夫可以收回自己的土地。但国王告诉农夫，他的决定只能在圣诞节那天在土尔路萨教堂里公开宣布。国王的这个英明决定，让农夫感到无比高兴，因为他有足够的时间在圣诞节到来之前把国王的决定带回家乡，交给牧师。

　　可是，农夫估计错了。他的邻居们并没有放过他，他们全都是些有钱有势的人，当他们听说农夫去国王那里告状时，就跟王宫里的人串通好了，把农夫囚禁在了国王的厨房里。农夫在国王的厨房里待了一天又一天，一个星期又一个星期，后来，农夫知道他圣诞节前肯定是回不了家了，他的土地也不可能要回来了。

　　在圣诞节的前一天，农夫被放了出来，他只好伤心地走出王宫，慢慢往家走。刚出城，一个骑士在农夫身旁停下了脚步。农夫觉得这位骑士看上去有些奇怪，他长得又高又瘦，两条腿又长又细，头发也乱蓬蓬的。另外，他的鼻子特别的大，皮肤是紫红色的，还骑着一头油黑油黑的大马。看他的样子像是准备去打仗。"早晨好，农夫。"骑士问候道，"你这么一大早要去哪儿啊？"

农夫见这位骑士很友好，就把自己伤心的经历从头到尾说了一遍。还没等农夫说完，骑士就哈哈大笑起来："噢，你是土尔路萨人，与我同路呀，我去赫耶路萨，今晚12点钟之前必须赶到那里。不过，到那儿之前我刚好要去一趟土尔路萨。你如果愿意跟我一起走，就请上马吧。"

骑士还叫农夫装上一袋烟，他说等农夫这袋烟抽完了，他们就可以赶到土尔路萨了。农夫以为骑士一定在跟他开玩笑，因为到土尔路萨的路途遥远，一般要走上好几天。不过，农夫转念一想，反正骑马总比走要快得多，能早一点到家也好。于是，他按照骑士说的话装了一袋烟，就跳上了马背，坐在了骑士身后。

"坐稳当点儿，"骑士说，"我的马跑起来的时候，你千万不能害怕，否则你就会从马背上掉下来！"黑马扬起四蹄，飞一样地向前奔跑，速度太快了。更让农夫意外的是它不仅能在陆地上奔跑，还能腾云驾雾。风在农夫的耳边呼呼地响。农夫只得紧紧地搂着骑士的腰，不过，农夫嘴里叼着的烟斗还在燃烧。当烟斗里的烟就要熄灭的时候，骑士告诉农夫说，土尔路萨到了。农夫高兴极了，睁眼一瞧，没想到只用了一袋烟的工夫，果真就到家了。黑马降落在一片田地里。农夫一眼就认出来这正是他家的那块田地。农夫跳下马背，赶紧转身去感谢骑士。

"不用谢，但是你要记住不要告诉别人你是怎么回来的。如果有人问你，你就说是布伦克公爵骑着马送你就行了。"骑士说完，跳上马背，一眨眼工夫就在云雾中消失了。农夫愣了一会儿，突然想起来了，之前骑士说他要在12点钟之前赶到赫耶路萨。而赫耶路萨正是妖怪们住的地方，每年圣诞节晚上12点钟，全国各地的妖怪都要到那里去聚会。骑士说他叫布伦克公爵,而布伦克是京城里一座山的名字,说不定布伦克公爵正是那座山里的妖怪。农夫一下子醒悟过来,骑士之所以能那么快地把他送到家,正因为他是一个妖怪。农夫简直不敢相信,世界上还会有这么善良、助人为乐的妖怪。

农夫的老婆和孩子见农夫按时回到了家,都别提有多高兴了。农夫就告诉家人说是布伦克公爵骑着神马把他送回来的。全家人度过了一个愉快而难忘的圣诞之夜。

第二天,教堂里坐满了人,牧师公开宣读了国王的裁定。有钱有势的邻居们,又气又恼,可谁也不敢违抗国王的裁定,只好把田地又还给了农夫。

故事讲到这儿并没有结束。下面还有一个关于这个善良的布伦克妖怪的故事。布伦克到了赫耶路萨后就再没有返回京城了,他与当地的一个叫布兰卡的女妖怪结了婚。后来,他们生了54个小妖怪,可每个小妖怪都像他们的父亲布伦克一样心地善良、助人为乐。虽然他们的本性是妖怪,可是,他们却把帮助人类当作自己的理想目标。

比如说布伦克的大女儿比娅,她就独自一人住在森林边的一间小屋子里,也经常向周围的人要点这个吃的,那个喝的。因为她是妖怪,所以人们都不敢违抗她,她要什么人们就得给她什么。不过,人们也都感谢她,觉得她是个心地善良的妖怪姑娘。

"哎呀,"比娅对大伙儿说,"可千万不要拔下这个木桶上的塞子,这样桶里就老能有啤酒流出来,你们就会总有啤酒喝了。"人们十分感谢比娅的提醒,可又弄不明白木桶里为什么老能有啤酒冒出来。

时间一天一天地过去了,木桶里的啤酒果然总也喝不完,这下人们明白了,原来这是一个有魔法的啤酒桶。

一年就这样顺顺利利地过去了。

第二年,一个晴朗的日子里,农夫的老伴一个人待在家里,好奇地琢磨着木桶,最后她决定拔下木桶塞子,看看里头到底有什么东西。她想,反正家里就她一个人,谁也不知道是她拔下了木桶塞子。

老太婆在拔木桶塞子时,心有些发慌,手也哆哆嗦嗦的。木桶塞子很紧,她费了好大劲才拔下来。老太婆拿来一支点燃的蜡烛,往桶里照了照,但她什么也没看到。后来,她把木桶稍微推倾斜了一点儿,终于看清楚里面了。木桶里头是空的,什么东西也没有。老太婆赶紧又把塞子塞上了。

下地干活的人都陆续回家了,大伙儿围坐在饭桌前,拿着酒杯都等着喝啤酒,可是,这次木桶里一滴啤酒也没有倒出来!老太婆羞愧地承认,是她把木桶塞子拔下来看过了。从这天起,大伙儿只能自己制造啤酒喝了。

布伦克的另一个孩子叫塞巴,住在塞巴山上。塞巴自己已经有一个很大的家庭了。这家妖怪同当地的农民关系相处得都很好。妖怪们每年还帮助农民收割庄稼,而只要农民给他们一桶啤酒喝、几块面包吃就心满意足了。不过,妖怪们有一个要求,就是在他们收割的时候,谁也不许偷看。

有一个农民,他家有一大片地。这片地离他住的地方比较远,每次下地都要走好长时间。自打有了塞巴一家妖怪的帮助,这个农民就再也不发愁了。妖怪们很会干活儿,收割时连一粒粮食也不会掉在地里,每年这片地收获的粮食都最多。

时间一年一年地过去了,妖怪们每年都来帮这个农民收割、脱粒,而农民每次都用啤酒和面包招待塞巴一家。有一天,这个农民家里雇了一个新长工,这个长工不仅懒惰,而且对什么事情都好奇。一天晚上,农民家里人告诉这个新长工,晚上妖怪们要来帮忙收割。长工听了觉得很新鲜。他不太相信那人的话,就决定亲自去看看。晚上,大伙儿都上床睡了,只有长工偷偷溜出屋子,来到那片田地附近,躲在一块大石头后面。长工等了好长时间也没有看见妖怪的影子,后来他不知不觉睡着了。可当他一觉醒来时,发现田里有一大群大大小小、老老少少的妖怪在忙碌。塞巴正在指挥着他的儿孙们收割,妖怪们干活的速度快极了。长工还听到塞巴指挥着说:"斯纳波负责拧绳子,我用手割,维萨捆,丽萨堆起来,彼萨在后面捡掉在田里的粮食。"

长工睁大了眼睛好奇地看着妖怪们干活儿。妖怪们的活儿干得又快又漂亮。当妖怪们干到一半时,长工感到有些冷了,浑身冻得直打哆嗦。看着看着,长工忍不住打了一个大喷嚏。

田地里突然变得一点声音也没有了。长工像一只田鼠一样一动也不敢动地躲在石头后面,过了好久,当他偷偷伸出头再去看田里时,田里已经空荡荡的。妖怪们连影子也没有了。最糟糕的是,妖怪们已经割下捆好的粮食又像原来一样长在地上。

这下可把长工给吓坏了。主人要是知道了是他吓跑了妖怪,可怎么办呢? 天蒙蒙亮的时候,长工回到了家,这时主人正站在家门口的台阶上等他呢。长工只得承认了自己的罪过,作为对他的惩罚,农民让长工一个人到那一大片田里把粮食全都收割回来。本来妖怪们一夜就能收割完的这片地,可长工却用了整整两个星期才干完。

从这件事中,长工吸取了深刻的教训:不能因为好奇而坏了大事。

恐惧夫人与玫瑰孩子

[瑞典]亚尔玛·贝尔曼　著

从前,有一个老太婆,她名叫恐惧夫人。这个恐惧夫人很坏,她没有固定的住处,说不准在哪儿就会碰到她。在我讲这个故事的时候,她正住在大森林里。

大森林的边上,有一片柏树林;柏树林边上,有一片平坦的草地;草地的中间长着一棵高大的椴树;在椴树上住着一只猫头鹰;离这棵椴树不远的地方,住着一个小男孩,名叫拉塞·拉松。小男孩跟你的年龄差不多,不过,他有一个很老很老的奶奶。奶奶带着拉塞住在一座小红房子里。小红房子四周种着花草和树木,其中有7棵梨树、7棵苹果树、7棵李子树,还有一大片玫瑰花。夏天,小红房子在玫瑰花的掩映之下,显得好看极了。因此,远近的邻居们都管拉塞的奶奶叫玫瑰奶奶,管拉塞叫玫瑰孩子。

奶奶和拉塞把采摘下来的玫瑰花拿到城里去卖,可以换回很多钱。奶奶和拉塞还养了鸡、鸭、山羊、猪、鸽子和一只小松鼠,日子过得很幸福。可是有一次,拉塞在森林里就遇到了恐惧夫人。恐惧夫人躲在一棵枯树后面,当拉塞从枯树前经过时,她就把头伸出来,冲着拉塞做着鬼脸,拉塞吓得一口气跑回了家。

"出什么事了?"奶奶问。拉塞把他遇到的事告诉了奶奶。"你遇到的是恐惧夫人。"奶奶说,"如果你再见到她,你不用害怕,也别跑,而是用眼睛盯着她,这样她就不会伤害你了。她虽然很坏、很凶恶,但对于敢用眼睛盯着她的人,她一点儿也不会伤害他的。如果你被吓得转身就跑,那她反而会想尽各种办法来耍弄你。"奶奶说得很对。从这天起,恐惧夫人就一直没有放过拉塞。拉塞每次经过森林时,恐惧夫人不是躲在石头后面,就是藏在树干后面,找一切机会吓呼拉塞。可拉塞总也弄不清楚恐惧夫人到底藏在哪儿。拉塞知道,恐惧夫人肯定躲在一个他看不见的地方,说不准什么时候就会扑到自己的身上。原来,恐惧夫人不是一般的老婆婆,而是地球上最凶恶的老妖怪。别说拉塞这样的小男孩了,就连大人也害怕她。

几天过后,拉塞就不敢单独在森林里走了;几个星期过后,拉塞不敢单独到草地上玩了;几个月后,甚至天一黑他就连家门都不敢出了。因为天黑后,恐惧夫人总是带着她的那些坏人把小红房子包围起来。她的人当中有老鼠、蛇、蝙蝠、猫头鹰、狐狸、狼、小偷、强盗、魔鬼、妖怪、吓人的叫声和邪恶的念头,等等。

傍晚时,如果奶奶要到外面去办什么事,只好不顾年老体弱自己去办,因为拉塞被吓得不敢出屋子了。他最爱躲在墙角的壁炉旁,因为他觉得这个地方最亮堂、最暖和,也最安全。晚上,奶奶只好一个人到井里去打水,玫瑰花见了便对果树说:"瞧,奶奶这么大年纪了,还要自己打水,就是因为拉塞不敢离开墙角的那个壁炉。"果树摇晃着头说:"唉,拉塞真是个胆小鬼!"椴树上的猫头鹰则嘲笑拉塞说:"呼呼,呼呼!拉塞是个胆小鬼!"恐惧夫人听到后,她得意极了。奶奶一边打水一边不住地叹气,可拉塞却只敢坐在墙角的壁炉旁,跟自己的小松鼠玩得很开心。

秋天快要过去了,有一天,奶奶对拉塞说:"拉塞,现在,玫瑰花已经没有了,我没有卖出去的玫瑰花都被霜打坏了;果树上也没有梨、苹果和李子了。好孩子,你能不能到森林里去采些榛子回来? 不然的话,下个星期六进城我就没有什么东西卖了。"

"哎呀,我的好奶奶,"拉塞喘着粗气说,"你让我干什么都行,可不要让我到森林里去。森林里有恐惧夫人呀。""你不敢去,那就让松鼠去吧。"奶奶说着打开松鼠笼子,"松鼠最会采榛子了,它可以把榛子从树上弄下来,然后我再收集起来,背回家。我年岁大了,不能再上树摘榛子了。"奶奶说着打开门,把松鼠放了出去。松鼠蹦蹦跳跳地一直朝森林跑去。拉塞站在窗户前,看着松鼠跑远了,心想:"唉,我要是能像松鼠这么勇敢,该有多好啊!"

时间一个钟头一个钟头地过去,天渐渐地黑了,可是松鼠还没回来。奶奶不放心了,心想,松鼠会到哪儿去呢? 于是,奶奶对拉塞说:"松鼠是不是迷路了,还是被椴树上的那只猫头鹰叼走了。拉塞,你能不能出去找找它?"

"哎呀,我的好奶奶!"拉塞喘着粗气说,"你叫我干什么都行,可别让我天黑出门呀。你不是知道嘛,我的胆子小呀。"

"唉,你不去,"奶奶叹着气说,"那我去。你就守在壁炉旁不要动。"奶奶说着就出了屋门。拉塞站在窗户跟前,看着奶奶渐渐走远了,心想:"哎,要是能像奶奶这么勇敢,该有多好啊! 不过待在家里也挺好,在家里肯定不会遇见恐惧夫人了。"

可拉塞想错了,奶奶刚一走远,恐惧夫人就出现了,她探头探脑地从窗户往屋里看,又做鬼脸又咧嘴。还伸着火红的舌头,那舌头在黑暗中闪闪发亮,恐惧夫人的嘴里还长着绿得像青苔一样的长牙齿。

"呼呼,呼呼!"恐惧夫人笑起来的声音像猫头鹰一样,"小拉塞呀,你不找我,我找你来了。""快把窗帘拉上!"拉塞一边想一边连忙把窗帘拉上了。这时,他又听到了门把手响。"快锁上门!"拉塞一边想一边又连忙锁上了门。又过了一会儿,拉塞居然听见恐惧夫人爬上了房顶。"快关上天窗!"拉塞一边想一边又连忙关上了天窗。后来,他竟然听到恐惧夫人正从地下室的风口中往屋里爬。"快用身体挡住风口,千万不能让她爬进来!"拉塞一边想一边坐在地上,用身体死死挡住了风口。他闭着眼睛,用手堵住耳朵,浑身上下打着哆嗦。拉塞真是害怕极了!

拉塞一动不动地坐在地上,就等着恐惧夫人来抓他。忽然,他想起了可怜的松鼠,说不定猫头鹰这会儿正在把松鼠撕得粉碎,当晚饭喂给自己的孩子们吃呢!想到这里,拉塞感到耳根发热,他再也坐不住了,腾地一下站起来。这时,拉塞又想到了奶奶,她会不会也遇到危险呢?想到这儿,拉塞感到头脑发热,在屋子里再也待不住了。于是,他便赶紧溜出家门。

拉塞跑到草地上,听见夜晚的微风正在和枯黄的落叶说悄悄话:"瞧,胆小的玫瑰孩子来了!他天黑竟然敢跑出来,说明他家里一定出了事!咱们跟着他,看他到底往哪儿跑!"在风的帮助下,枯黄的树叶紧紧地跟在拉塞的身后。拉塞听着身后哗啦哗啦的响声,心想:"一定是老鼠、蝙蝠和魔鬼在追赶我。"拉塞不敢回头看,只是拼了命地往前跑。枯叶围绕着拉塞不停地飞舞,一会儿拍打着他的耳朵,一会儿又遮住他的眼睛。拉塞听着脚下发出啪嗒啪嗒的响声,像是身后总跟着五六个人似的。他突然听到一阵嘲笑声:"呼呼!"原来是椴树上的猫头鹰在嘲笑他。拉塞害怕了,赶紧溜进路边的沟里,然后爬到一座小桥底下藏起来。

小桥底下正好住着一只大老鼠,这是本地区最大的森林老鼠,身体足足有一尺长,大门牙有一寸长,锋利得像把刀。老鼠一见拉塞,立刻就爬了过来,对着拉塞的鼻子说:"哼哼,刚才我咬了你奶奶的脚,现在我要咬掉你的鼻子。"

拉塞听了,火冒三丈,一下捏住老鼠的脖子,一边摇晃一边喊道:"你这个坏蛋,你说的是真的吗?快告诉我,我的奶奶和松鼠现在都在哪里?"

"哎哟!哎哟!"老鼠吱吱地叫着,"你的手真有劲呀。谁敢欺负你奶奶和松鼠?你想知道你的奶奶和松鼠在什么地方,就去问椴树上的猫头鹰吧！它会告诉你的。"真拿这个大老鼠没办法,拉塞心里想。喘着气从沟里爬出来,继续往前走。枯树叶还像刚才一样唰唰啦啦地响。拉塞心想,魔鬼可能又在追赶他。刚走到椴树前,猫头鹰便扑啦啦地落到拉塞的肩膀上,一对锋利的爪子紧紧地掐住了拉塞的小肩膀。猫头鹰凶猛地说:"我刚吃了你的小松鼠,现在我要把你也吃掉!"

拉塞一听,生气极了,他一把抓住猫头鹰的翅膀,一边摇晃一边大喊道:"你要是真的吃了我的松鼠,我就要你偿命!你要是没吃它,那你就快告诉我,我的松鼠和奶奶现在在哪里?""哎哟,哎哟!"猫头鹰疼得直叫唤,两个翅膀使劲地挣扎,"玫瑰孩子呀,你现在的胆子可真大呀,哪个敢欺负你的小松鼠呀!不过,你要赶快告诉你奶奶,森林里很危险,有野狼。"

"奶奶,奶奶!"拉塞一边喊叫一边朝森林跑去。枯黄的树叶也像他一样着慌,哗哗啦啦地紧跟着他。拉塞心想,这一定是魔鬼和妖怪在追赶自己,我还是赶快跑回家躲起来为好。说不定奶奶这会儿已经在家里等着自己呢!

就在这时,拉塞听到一阵可怕的叫声,原来是那野狼从森林里跑出来了。野狼张着大口向拉塞扑过来。拉塞吓得心都快跳出来了。这时就听狼嗥叫着说:"好极了,你也来了,玫瑰孩子。我刚刚吞吃了你的奶奶,现在要吃你了!"

"你竟敢吞吃我的奶奶!"拉塞忽然大声喊叫着,"我现在就要你偿命!"拉塞一想到奶奶,就完全忘掉了害怕,他一把掐住野狼的脖子,跟野狼扭打起来。最后,野狼求饶说:"好拉塞,你别掐死我。真没想到你这么勇敢。我哪敢吞吃你可爱的奶奶呀!不过,你要想知道你奶奶在什么地方,就去问站在榛子树下边的狗熊吧!"真拿这只野狼没办法。

拉塞边想边朝狗熊跑过去。来到狗熊跟前,拉塞深深地鞠了一躬,说:"打扰了,请问熊先生,我的奶奶和松鼠现在在哪里?""你的松鼠?"狗熊说,"它刚刚还在这里。不过,这会儿它已经钻进了我的肚子

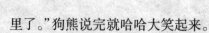

里了。"狗熊说完就哈哈大笑起来。

没找到奶奶和松鼠，反而遭到狗熊的嘲笑，拉塞一下子火了。于是，他大喊道："松鼠既然能钻进你的肚子，那它就能再钻出来！"拉塞朝狗熊冲过去，用拳头使劲锤打狗熊的大肚子。"别打了！别打了！"狗熊嚎叫着，"你这小家伙，怎么变得这么勇敢呀！我刚才只不过跟你开个玩笑，我可没动你的松鼠一根毫毛，至于你的奶奶，说不定她遇到了不幸。因为有一只喜鹊告诉我，你的奶奶遇上了一个凶狠的猎人。"

"那个猎人很厉害吗？"拉塞急忙问。

"小家伙，"狗熊说，"你知道，我有 12 个人的力量那么大，可是我只要一闻到猎人的气味，就吓得要逃跑。因为我知道，我要是遇上了猎人，就很难活了。你到他住的地方找找，说不准他用猎枪打死了你的奶奶，要不就用陷阱和圈套把她给抓了起来。"

"他竟敢陷害我的奶奶，我非要教训教训他不可。"拉塞一边喊着一边向猎人家的方向跑去。枯树叶哗啦哗啦地跟着他，树干咯吱咯吱地为他让路，树枝嗖嗖地拂打着他的身体，茅草缠绕牵绊着他的腿，青苔在他脚下直打滑。"我现在好像被妖怪缠住了。"拉塞越想越害怕，几乎快忘掉了奶奶和松鼠。他拼命地跑。最后，他控制不住摔倒了，幸运的是他已经跑到了猎人家门口。猎人的女儿跑过来把他扶了起来。

"妖怪！"拉塞气喘吁吁地喊道，"妖怪在追我！你听，它们正在森林里哗啦哗啦地跑过来！""瞧，你这胆小鬼！"猎人的女儿笑着说，"我早就听到了哗啦哗啦响，那是风跟枯树叶儿在玩耍。"这时，猎人从屋子里走了出来，他不明白外面到底发生了什么事。一见到猎人，拉塞就忘记了害怕，他想起了自己的奶奶和松鼠。拉塞冲到猎人跟前，踮着脚尖，把拳头举到了猎人的鼻尖底下。"你为什么要害我的奶奶？"拉塞喊叫着，"你要是真的害了我的奶奶，我就让你尝尝拳头的滋味！"

"啊，好大的拳头呀！"猎人毫不在乎地说，"不过，你想见你的奶奶和松鼠，那就请进屋里吧！"拉塞进了屋。哇，奶奶！拉塞看见奶奶正坐在火炉旁喝咖啡,吃点心!而小松鼠正在她的肩膀上跳来跳去呢。"噢,我的小拉塞!"奶奶叫了一声,"你怎么敢单独一个人进森林?为什么不待在家里墙角的壁炉旁呀?"

"因为我太害怕了。"拉塞说。

"你的胆子现在一点儿也不小,"猎人插话说,"你敢把拳头举到我的鼻子底下。就说明你是一个勇敢的孩子!"

"玫瑰孩子最勇敢了!"猎人的女儿笑着说,"不过却被枯黄的树叶吓得使劲儿地跑。"

"不是树叶吓得我使劲儿地跑!"拉塞争辩说,"那是恐惧夫人一直在追赶我!"猎人的女儿笑了。奶奶在一旁搭话:"追赶你的正是恐惧夫人,可是只要你回过头去紧盯着她,就能把她吓跑了呀。""下次我一定照你说的做。"拉塞答应奶奶说。

做到这一点也不容易,不过后来拉塞还是要照奶奶的话去做。因为,他心里始终想着保护可爱的奶奶,想着自己是一个勇敢的玫瑰孩子,更不愿让一个小姑娘说自己是胆小鬼。

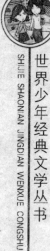

狗拉连环套的故事

[瑞典]乌尔夫·帕尔门费特 著

在很久很久以前,有一个非常小非常小的国家,在这个非常小的国家里住着一个幸福快乐的磨坊主,他的磨能磨出全国最白最细的面粉。所以,全国各地的人都来找他磨面粉。在这个小国里另外住着一个有钱有势、心肠狠毒的地主。

这个地主实在坏到了极点。他能把家里7只猫的尾巴全拴在一起,然后看着猫挣扎痛苦的样子,而他却拍着肚皮哈哈大笑。他觉得这是世界上最开心的事。

这个坏地主总想把磨坊主的磨弄到手。一天早晨,他去找磨坊主说:"今天,在太阳落山之前,你必须把我的地全都撒上肥料。否则,就把你的磨交出来。"磨坊主听了很伤心,他想,地主家的田地快有这个国家那么大了,今天就是豁出命来干,也不可能弄到那么多的肥料,更别说还要在太阳落山之前全都撒到地里了。磨坊主痛苦地告别了妻子和孩子,又恋恋不舍地看了看家里的山羊和猫,然后,他拿着一根绳子,准备到森林里去寻死。

当他在森林里寻找合适的树上吊时,忽然听到地面上有什么东西

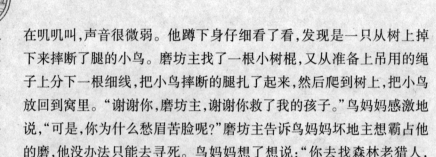
在叽叽叫,声音很微弱。他蹲下身仔细看了看,发现是一只从树上掉下来摔断了腿的小鸟。磨坊主找了一根小树棍,又从准备上吊用的绳子上分下一根细线,把小鸟摔断的腿扎了起来,然后爬到树上,把小鸟放回到窝里。"谢谢你,磨坊主,谢谢你救了我的孩子。"鸟妈妈感激地说,"可是,你为什么愁眉苦脸呢?"磨坊主告诉鸟妈妈坏地主想霸占他的磨,他没办法只能去寻死。鸟妈妈想了想说:"你去找森林老猎人,或许他能帮上你的忙。"

磨坊主感谢了鸟妈妈给他出的主意,然后朝鸟妈妈翅膀指的方向走去。他走了好久,在森林里越走越远。这时太阳都开始落下树梢了,磨坊主心想,已经这么晚了,即便找到了老猎人,恐怕他也帮不了什么忙了。

又走了一程,磨坊主来到了一个大山洞前。洞口外悬挂着许多用金、银和宝石制作的小动物。洞里的一个石桌边坐着一个老头儿,看来他就是森林老猎人了。老猎人长着灰白的头发、长长的灰胡子,脸色也是灰白的。磨坊主很有礼貌地向老人深深地鞠了一躬,然后告诉老人地主想霸占他的磨,而他没办法只能去寻死。

"我可以帮助你,磨坊主。"老猎人说,"不过,你得给我一口袋最精细的面粉。"一口袋精白面对磨坊主来说算不了什么,于是他便答应了老猎人,然后道谢,就回家去了。这会儿,太阳已经落山了,森林里变得昏暗起来。磨坊主虽不相信老猎人真能帮助他,但他还是决定回家磨一口袋面粉送给他。

就在磨坊主往家走的时候,老猎人把森林里所有的动物都召集起来,并且请来了森林巨人、妖怪、小精灵、小仙女和小矮人。大伙儿一起动手,有的用车推,有的用肩扛,不一会儿工夫就弄来好多好多的肥料,就在太阳从地平线消失的一瞬间,地主的地里全都撒上了肥料。

晚上,地主提着马灯来到地头,他看见地里果然全都撒上了肥料,他气得回到家就把老公鸡的头给砍了下来。地主整整一夜都没合眼,一直盘算着怎么样才能把磨坊主的磨弄到手。

第二天早晨,地主找到磨坊主说:"你要在河上给我建一座桥,这座桥不能碰到地面,而且必须在太阳落山前建好,不然你就把磨交出来。"磨坊主听了很伤心,心想,就是日以继夜地干上一辈子,也建不成这样一座大桥呀,更别说还要建造一座悬在空中的桥了。

　　唉,没办法,磨坊主又拿着绳子,到森林寻死去了。他走进森林时,忽然听见一阵悲惨的尖叫声。他顺着声音走过去一看,发现一只小松鼠把长长的尾巴卡在了树杈之间。小松鼠脑袋朝下,吊在树上下不来了。磨坊主赶紧走上去,把小松鼠从树上救下来,然后又小心翼翼地把它放在地上。

　　"谢谢你救了我,磨坊主。"小松鼠说,"可是,你为什么愁眉苦脸呀?"磨坊主就告诉小松鼠地主想霸占他的磨,让他在太阳落山前在河上建造一座悬在空中的桥。

　　松鼠听后想了想说:"唯一能帮助你的就是森林老猎人,你去找他吧。"磨坊主感谢了小松鼠给他出的主意,然后朝松鼠尾巴指的方向走去。当磨坊主再次来到镶金挂银的山洞前时,太阳已经落到有树梢那么高了。

　　"老猎人,你能帮帮我吗?"磨坊主问,然后他就告诉老猎人坏地主为了霸占他的磨,就叫他建一座悬在空中的桥。"可以,"老猎人回答说,"不过,你要把第一个通过这座桥的生灵送给我。"磨坊主答应了,就回家了。

　　在磨坊主往家走的时候,老猎人请来了森林里所有的动物,还有巨人、妖怪、小精灵、小仙女和小矮人。大伙齐心协力,有的刨,有的锯,还有的钉,在太阳从地平线消失的一刹那,一座大桥造好了。老猎人亲自把桥架在河上。这样一座不着地面的空中桥梁建成了。

　　从桥上跑过去的第一个生灵就是那只偷吃磨坊主粮食的老鼠。但磨坊主并没有去捉这只老鼠,而是让它从桥上跑了过去。老鼠过了桥,刺溜一下钻进树林里不见了。

　　晚上,地主提着马灯来到河边,他看见一座悬在空中的桥已经建

比莱尔比村的孩子

好了,气得回到家便把四只羊的脖子扭断了。地主又整整一夜没合眼,寻思着怎么把磨坊主的磨弄到手。

第三天早晨,地主又找到磨坊主,说:"这回你要给我弄一个狗拉连环套来,而且要在明天早晨太阳升起来之前弄好,否则你就把磨交出来。"

这下,磨坊主可真的发愁了。他知道桥是什么样,也知道肥料是什么,却不知道狗拉连环套是个什么玩意儿。磨坊主心想,连是个什么东西都不知道,怎么可能弄出来呀,而且还要在太阳升起之前弄出来!

唉,磨坊主一点办法也没有,于是,他第三次拿着绳子,走进森林去准备寻死。当他在森林里四处寻找一棵树上吊时,忽然看见老猎人乘着一辆由两只喜鹊拉着的金车朝他这边驰过来。磨坊主一开始想躲藏起来,因为他不愿让老猎人看到他,怕老猎人跟他要那只过了桥的老鼠。可磨坊主又一想,反正是一死,怕也没有用。想到这里,磨坊主就站在路边,看着金车来到自己跟前。

"你好,磨坊主!"老猎人对磨坊主微笑着说。

"你好,老猎人!"磨坊主回答说,"我上次放走的那个生灵只是一只老鼠,你不会介意吧?"

"不,不,"老猎人回答说,"对我来说,所有生灵都是一样的。可是,你怎么看上去又那么愁眉苦脸的呢?"磨坊主告诉老猎人,说地主逼着他在太阳升起之前要弄一个狗拉连环套给他。

"噢,原来是这么回事,让我来帮助你吧!"老猎人说。磨坊主高兴极了。他相信老猎人一定能够帮助他。

"你在地主洗澡间的墙上钻一个洞。"老猎人说,"然后你透过洞往里看。等你觉得时机一到,你就说:'说起来容易,做起来难,不信你就试试看,'然后你就等着瞧好吧!"老猎人说完就赶着金车走远了。

尽管磨坊主不大相信老猎人的话,可他还是想试试看。于是,他来到地主的家里,偷偷地在地主家的洗澡间的墙上钻了一个洞。

过了一会儿,地主进了洗澡间,脱掉了衣服,就进了洗澡盆。磨坊主见了,觉得时机到了,就大声喊道:"说起来容易,做起来难,不信你就试试看!"

话音刚落,就听到地主大喊大叫起来。地主婆赶忙跑进来看出了什么事。当她看见地主躺在澡盆里爬不出来时,就过去拉他。可谁想到,地主婆不但没把地主拉出来,反而把自己粘在地主身上,再也下不来了。地主婆乱蹦乱跳,又吼又叫。女佣人见地主和地主婆粘到了一块儿,就赶紧去拉地主婆,想把他们两人分开。磨坊主一见,觉得时机到了,于是就大声喊道:"说起来容易,做起来难,不信你就试试看!"这下,女佣人又和地主婆粘到了一起,怎么弄也扯不开。

喊叫声又把长工给惊醒了。他跑过来又拉胳膊又扯腿,想把他们三人分开。磨坊主见了,觉得时机到了,又大声喊道:"说起来容易,做起来难,不信你就试试看!"

这下,长工也跟地主、地主婆和女佣人粘到了一块儿。四个人连成一串,使劲儿地挣扎。地主的儿子们见了也过来帮忙,那7只猫也跟着起哄。磨坊主把这一切都看在眼里,觉得时机又到了,就大声地连声喊:"说起来容易,做起来难,不信你就试试看!"

这下更热闹了,哭声喊声连成一片,人和动物一个连着一个,一直从洗澡间连到院子里。

最后,地主家的老黄狗跑了出来,叼住最后一个人的裤腿使劲儿拉。结果这条老黄狗也上了连环套。

这时,磨坊主得意洋洋地走进洗澡间,对地主说:"现在,我给你弄了一个狗拉连环套来,你现在总该满意了吧!"磨坊主说完,大摇大摆地回家了。

后来,地主到底是怎么解开那个狗拉连环套的,就谁也不知道了。

比莱尔比村的孩子

可爱的小猪

[瑞典]乌尔夫·尼尔松　著

　　养猪场的一个猪栏里躺着一头猪妈妈。猪妈妈的个头特别大,身体圆滚滚的,因为它要生小猪了。饲养员蹲在猪妈妈身边,为它轻轻地搔痒。

　　"好了,好了,能干的老太婆。"饲养员拍了拍猪妈妈说,"痛痛快快地生宝宝吧!"

　　猪栏外面站着一个爸爸,还有两个孩子,女孩儿叫尼娜,男孩儿叫托姆。他们都睁圆了眼睛看着猪栏里躺着的这头老母猪。

　　不一会儿,第一只小猪出生了。小猪生下来后微微动了几下,然后就乱爬起来。饲养员抓起那只小猪,把它放在猪妈妈的奶头旁边。接着第二只、第三只、第四只……爸爸和两个孩子一边看一边数,一共生下了 12 只小猪。噢,不对,又生了一只,一共是 13 只!

　　"这最后一只不能要了!"饲养员说,"这么一丁点儿大,肯定活不了。况且猪妈妈只有 12 个奶头,多出的一只小猪是会饿死的。"

　　饲养员说完,就站起身去拿锤子,他要把这最后生下来的小猪敲死。爸爸和两个孩子看着躺在水泥地上的小猪,觉得它很可怜。

饲养员拿着锤子回来了。当他举起锤子要敲死小猪的时候，尼娜和托姆一齐喊了起来："住手！请把小猪留给我们吧！"

"好吧！"饲养员放下了手里的锤子说："那你们就把它带走吧，这只小猪归你们了！"

托姆双手抱起小猪。小猪身上热乎乎的，一个劲儿地打着哆嗦，它一边吱吱地叫着，还一边嗅着什么。"噢，可爱的小猪！"托姆亲昵地说。

爸爸带着托姆和尼娜，抱着小猪回家了。到家之后，托姆用奶瓶装上热奶喂小猪，可是小猪不吃，托姆生气了，就把奶瓶放在一边干自己的事去了。尼娜拿起奶瓶想再试试看，可是，小猪仍然只管睡觉，一口奶也不喝。眼看着小猪变得越来越瘦，大家都认为它活不下去了。

可是，到了第三天，小猪竟然开始喝奶了，而且一下子就喝了整整一瓶，还撑得直打嗝。全家人见小猪开始吃奶了，都非常高兴。小猪吃饱后就又闭上眼睡觉了。

爸爸跟尼娜和托姆商量后，给小猪起了个好听的名字叫贝利。尼娜和托姆给贝利准备了一张小床。可是，贝利不愿意睡小床，而愿意睡在爸爸的床上。托姆给小猪做了一件小睡衣、一顶小帽子，还给它在床上垫了一块尿布。尼娜教小猪每天睡觉前都要亲个嘴，还要说声晚安。

爸爸的床上又暖和又柔软，贝利躺在上面可舒服了。但是，爸爸却不大乐意，因为小猪每天早晨5点钟就起来了，还在床上乱折腾，一会儿爬到爸爸的脸上，一会儿钻到爸爸的睡衣里，一会儿又在床垫上蹦来蹦去。

贝利就像尼娜和托姆的小弟弟一样，他俩干什么，它就跟着干什么。踢皮球、打枕头仗、捉迷藏，它什么都玩，而且还十分喜欢看电视。

"快来呀，电视二台的儿童节目开始了。"它一边叫一边赶忙趴在最前边。

托姆以贝利为原型，专门写了一本关于小猪的书，他整天念给贝利听："从前,有一家人从养猪场里救出一只小猪。他们把小猪带回家,用奶瓶给它喂奶,让它在床上睡觉。他们跟小猪一起做游戏,一起看电视,一起玩。小猪长呀长,到后来,小猪长得特别大,家里都住不下它了,于是小猪就到了一个马戏团。小猪作为世界上最大的猪,开始上台表演节目。再后来,小猪扬名世界,每次它到那家人住的城市演出时,总要请那家人吃公主蛋糕。公主蛋糕是一种特别大的蛋糕!"

贝利听得可高兴了。

白天,爸爸上班,尼娜上学,托姆上幼儿园。家里就只有贝利一个了,它一声不响地站在窗台上,看着窗外大街上跑来跑去的汽车,听着树上啾啾叫的小鸟,闻着青草和绿树散发出来的清香味儿。

贝利可喜欢洗澡啦。只要看见谁在澡盆里洗澡,立即就跑过去跟着他一起洗。贝利还喜欢在澡盆里转着圈地游来游去,就好像是一只小摩托艇。尼娜为此还为贝利准备了一块洗澡巾呢。

每次吃饭,小猪贝利总是最先上饭桌。它最喜欢吃面条、西红柿汁、牛奶、酸奶和土豆泥了,它最不爱吃的是香肠和猪肉。

"猪应该吃人类剩下的饭菜。"爸爸说。可是,小猪贝利却不听这一套。

托姆和尼娜从图书馆借来了好多好看的书。他们一本一本地读给小猪贝利听。书上写了小猪在每一个生长阶段的体重应该是多少。托姆和尼娜对照书上的数据,把贝利放在秤上称了一下,当他们看到贝利比别的小猪都要重时,心里真是得意极了。

贝利越长越大,当然吃得也越来越多。家里光给它买好吃的就花去了不少钱。"咱们得找饲养员要点猪饲料了。"一天爸爸说。于是,爸爸带着孩子们和贝利一起到养猪场去找饲养员。

路上,燕子在蓝蓝的天空中飞翔,路边盛开着鲜花,树木抽出新枝条,苹果树上开满了小白花。牛虻和蜜蜂嗡嗡地飞来飞去。贝利自从离开养猪场之后,一直就没出过门,当看到这一切时,它不禁感到有些害怕,躲在爸爸的车筐里连头也不敢抬。贝利觉得屋子外面的天地好大。

到了养猪场，贝利更害怕了。因为到处都能听到猪的叫声，还散发着猪屎、猪尿的腥臭气味。"这头猪可真肥实。"饲养员说，"再养一养就可以送屠宰场了。"

贝利听了，吓得浑身直哆嗦。它真想上去狠狠地咬饲养员一口。饲料房里有好多种不同的饲料，有公猪吃的饲料，有母猪吃的饲料，有给肉猪吃的饲料，还有专门给病猪吃的饲料。爸爸给贝利挨个尝了尝，可贝利觉得没有一样是它喜欢吃的。

从这天起，贝利开始变了。它总是单独地躺在澡盆里，不爱说话，不爱玩，不爱笑，也不爱叫了。贝利想，它没住进养猪场里去真是太幸运了。

后来，贝利长得特别特别大了，它躺在洗澡盆里不出来，弄得家里人也无法洗澡。"不能总让这头大猪待在洗澡间。"爸爸说，"得想个办法把它弄出来。"

一家人发愁地坐在床上，爸爸讲了他小时候的一件事："有一次，我跟我的爸爸沿着海边走。只见海面上闪着银光。洁白的海鸥就在我们头顶上飞翔。我忽然发现有一只海鸥受伤了。爸爸说，为了不让这只海鸥痛苦，最好的办法就是把它打死。海鸥要是不会飞，它就享受不到生活的乐趣。这只海鸥又洁白又美丽，头顶上长着雪白的茸毛，两只黑色的眼睛炯炯有神。后来，我们只好把它埋在了海边。"故事讲完了，托姆和尼娜的眼里充满了泪花。现在，他们似乎明白了爸爸为什么要讲这个故事。爸爸可能也想把贝利打死，然后埋在海岸边。

托姆和尼娜见爸爸找来一把锤子，悄悄地走进了洗澡间。这时，贝利正在呼呼睡觉，它的胸脯上还放着那顶小帽子。当爸爸高高地举起锤子对准贝利的脑门正要往下敲时，贝利突然睁开了眼睛，眼泪汪汪地看着爸爸。"可爱的贝利！"爸爸轻轻地说，然后他把锤子扔到了地板上。

比莱尔比村的孩子

131

贝利从洗澡盆里站了起来,心想:不能再在这里待下去了!于是,贝利冲出家门,上了大街。街上的光线很强,刺得贝利睁不开眼。屋外的世界好大呀,弄得它晕头转向。尼娜和托姆哭着喊着:"回来!贝利快回来!"

可是,贝利只是一个劲儿地向前跑,因为它再也不愿意被关在家里了。贝利顺着大道跑呀跑呀,一气跑到了郊外。强烈的阳光把沥青马路晒得热乎乎的。贝利就跳到路边的水沟里。小草刺得它的脚心痒痒的,草里的蚂蚱被它吓得乱蹦乱跳。贝利闻了闻一只蚂蚱,觉得它并不可怕。

路旁是一片绿油油的麦地,微风吹着麦苗,好像是在冲贝利招手呢。贝利觉得麦苗也不可怕。在高高的天空上,有一群鸟在飞翔,贝利抬头看了看天,觉得天虽然很高,但也不可怕。

贝利又来到一片树林,树叶像一个大顶棚,把阳光遮得严严实实的,树林里又凉爽又舒服。贝利靠着一棵树惬意地躺在地上,这会儿它真是一点也不害怕了。贝利感到累极了,它躺在地上,闻着黑土地清新的气味,听着树叶唰啦唰啦的响声,慢慢地睡着了。

不知过了多久,贝利睡醒了。这时,天已经黑了。只有树上的猫头鹰在呜呜地叫,草地里也不时发出唰啦唰啦的响声。这时,贝利的肚子开始咕噜咕噜地叫了起来。贝利想:该吃点东西了。

贝利穿过麦田和草地,越过水沟和土坡,最后在一个荒凉的院子里找到了一棵苹果树,树下的地上有好多小红苹果。贝利便大口大口地吃起来,它一边吃一边想:咳,这东西可比养猪场里的那些饲料好吃多了。吃了一阵,贝利不再吃了,因为它觉得这东西太酸了。

吃完苹果,贝利又来到一大片土豆地里,它开始大口大口地吃起了土豆。它一边吃一边想:啊,这东西又比苹果好吃多了!这时,贝利听到附近传来哗啦哗啦的流水声。它抬头发现有一条小河通向不远的一个湖泊。于是,它便飞快地向湖边跑去,在湖边苇塘里睡觉的野鸭被它惊得四处乱飞。

湖水又清又凉。贝利扑通一声跳进水里，开始玩耍起来。它像一条鲸鱼似的，一会儿露出水面，一会儿又沉到水里。贝利想：这才是真正的生活呀！那一家人为什么不搬到这个地方来呢？他们或许还不知道有这么一个好地方吧。

清晨，鸟儿醒了，开始啾啾地鸣叫了。贝利慢慢地朝城里的方向走去。它想：我要把这个好地方赶快告诉家里！在一片树林里，贝利忽然遇到了爸爸、尼娜和托姆。他们一见到贝利，便赶紧不约而同地围了上来。

"噢，贝利，可爱的小猪！我们终于找到你了！"尼娜和托姆说。

"跟我们一起回家吧，电视上有好多好节目，我们又买了好多面条，还给你做了一顶新的大帽子呢。"托姆说着，便拿出了一顶大帽子，扣在贝利的头上。

"不！"贝利叫了一声，"不，我发现了一个更好的地方。你们如果不愿跟我去，那咱们就以后再见吧。再见！"

贝利说完，就戴着大帽子，朝爸爸、托姆和尼娜摆了摆尾巴，算是告别，然后一直朝土豆地和湖边跑去。

比莱尔比村的孩子

波洛波与狼

[瑞典]英阿·堡 著

　　波洛波是个无形的小精灵,它懂得所有动物的语言。除了你我以外,其他人谁都看不见它。它无论见到谁,都先"波洛波,波洛波"地叫两声,意思是说"你好,你好!"

　　在瑞典北方的一座高山上,有一片湛蓝的蓝水湖。波洛波就住在蓝水湖边上的一条深深的地洞里,跟它住在一起的还有貂和地鼠。

　　一个漆黑的冬天的夜晚,一只小白兔急急忙忙地跑进波洛波的地洞。兔子一见到波洛波便说它听到高山上有一种奇怪的叫声,吓得赶紧来找波洛波,问它这到底是怎么回事。"波洛波,波洛波! 欢迎你,小白兔! 先跟我们一起吃点草籽糕吧。别害怕,那是狼在嗥叫,它是在呼唤自己的伙伴呢。不过,这个地方已经没有其他的狼了。"

　　"狼! 噢,快救救我吧! 狼太可怕了!"兔子吓得浑身直打哆嗦,说话的声音都发抖了。

　　"不,不,并不可怕。"貂说,"我们只要跟波洛波在一起就没事儿。"

　　第二天,波洛波跟着几个朋友一起上了山。

"呜……呼!"一只雪白的山鹰突然飞到波洛波的头顶上。

"波洛波,波洛波!喂,山鹰,你不要那么吓唬人好吧,这儿的小动物可都害怕你呀。"

"呜……呼!是啊,是啊!因为它们都是我的食物。"山鹰得意洋洋地说。

"哎呀,可千万别让山鹰发现我!"小白兔说着缩成了一团,看上去就像个大雪球。

"哎呀,你长得又白又灵活,多运气!"貂说着跑进了树林。

"不行,我也得钻到雪底下去。"地鼠说。

"波洛波,波洛波!噢,不好!"波洛波喊叫着,"一只饥饿的秃鹰正在天空盘旋,一只饥饿的獾正在高山顶上向四处张望,一只饿狼正在雪地里奔跑。它们都在到处寻找食物,太危险了!"高高的峭壁上站着一只山猫,它也正在四处张望。

"哎呀,又一个凶恶的家伙!"小白兔和貂全都吓跑了。

"噢,波洛波,波洛波!你好,尊贵的山猫先生!请告诉我,您是不是像狼一样凶狠?"波洛波一边说一边让地鼠躲在自己的身后。

"差不多!"山猫说,"不过,为了找到食物,我必须翻山越岭,走很远的路。所以,我向来是独行客,从不跟别人拉帮结伙。"

"呱,呱!我们乌鸦愿跟山猫作伴,更愿意与狼为伍……"一只乌鸦站在树上说,"波洛波,你刚才说狼什么来着?"

"噢,波洛波,波洛波!我听说有一只狼。黑乌鸦,也许你可以帮助我找到它?请你飞到天空看一下好吗……"

"哎呀,你们说得太恐怖了。"一只驯鹿说,"你们难道不知道狼是我们驯鹿头号的敌人吗?噢,太恐怖了……为了不被狼吃掉,我们驯鹿必须齐心协力去对付它。假如人类发现了它,不但要把它撵走,说不定还会打死它。"

"呱,呱!"乌鸦又说话了,"不过,现在有种更危险的东西能杀死更多的小动物,那就是人类的火车和汽车。"

波洛波就去树林里寻找饿狼。它一边走一边想着乌鸦刚才说过的话。人类滥伐树木，随意改变河道，修建公路……所有这些行为对动物们一点儿好处也没有。

"喂！狼！我听见了你的嗥叫声！我想见到你！波洛波，我是波……洛……波！狼，你在哪儿？"突然，一只狼出现在波洛波面前。

"嗷……咿！噢，原来是你在喊叫呀，喊我什么事呀？"

"是啊，波洛波！我是波洛波。你好，狼小姐！大家都在谈论你呢。"

"嗷……咿！除了谈论我，还提到其他的狼吗？是否还提到一只狼先生？一只又大又神气的狼先生！"狼小姐不住地追问，"我正在寻找它。我一个人感觉太孤单了。我们狼愿意成群结队，而不愿意孤单。为了找到那位狼先生，我不知跑了多少路，走了多少个日日夜夜……"

"波洛波，波洛波！我有时也感到很孤单，不过我有很多很多的朋友，现在，连你也来到了我的身边。"

"嗷……咿！不，光有朋友还不行！"狼小姐说，"狼愿意成群结队，建立自己的家庭和团体。可是，其他的狼都到哪儿去了呢？"

停了一会儿，狼小姐突然兴奋地说："喂，你听！是另一只狼在唱歌，嗷……咿！"

"噢，波洛波，波洛波！瞧，那边果然来了一只又大又神气的狼先生！"

终于来了一只狼！这只狼也跑了很远很远的路，也正在四处寻找自己的伙伴。前两天，它听到了狼小姐的歌唱，闻到了狼小姐的气味，就跟着狼小姐的脚印一直追到这里。两只狼凑到了一起，互相嗅着对方身上的气味，亲热地摇摆着尾巴，一边互相舔着嘴巴，一边高兴地嗥叫起来。

"嗷……咿！我们要永久不分离！"狼先生说。

"嗷……咿！我们要在这儿建立自己的领地。"狼小姐说，"波洛波，今后我们就是你亲密的朋友，我们要用嗥叫和歌声为你祝福。"

春天就要到了。在太阳的照耀下，雪开始融化了。一天，波洛波找到了狼先生和狼小姐。看见狼小姐正在森林里的一个沙丘上挖洞。

"波洛波，瞧，我在建造一个家，我要把洞挖得深一点儿。"

"可是，波洛波，波洛波！"波洛波说，"狼先生为什么不来帮忙呢？"

"不，不行。"狼小姐说，"它要打猎，为我准备很多食物，因为我快要生小宝宝了。再过几个星期，你再来看我们的小宝宝吧。"

夏天到了。有一天，波洛波又来到森林的沙丘旁，它悄悄地往洞里看了看。

"波洛波，波洛波！这洞里怎么这么黑……哎呀，那些正在动的是什么呀？"

"噢，波洛波，请进来吧，进来看看我们的小宝宝！"狼妈妈亲热地招呼说。

洞里一共有四只可爱的小狼崽。因为刚出生，所以它们还看不见东西。现在，它们只会在洞里吃奶和睡觉。三个星期以后，小狼崽就出窝了。波洛波看见狼妈妈正带着它们在太阳底下玩耍。

"波洛波，你瞧！"狼妈妈见了波洛波高兴地说，"我的宝宝们现在都睁开眼睛了，宝宝们能看见东西了。瞧，宝宝们的毛皮长得多好，它们玩得多欢快。只是它们还在吃我的奶。宝宝长得越来越快，吃的也越来越多。有时，我也不得不离开家，四处去寻找食物了。"说着说着，狼先生回来了。小狼崽们欢蹦乱跳地向狼先生跑过去。波洛波发现：狼先生先是自己把食物吃进肚子，然后再把半消化的食物吐到小狼的嘴里。

"还吃！我还要吃！"小狼们围着狼先生叫喊着。

"哎呀，波洛波，快帮忙照看一下我们的宝宝，好吧？我们要为它们寻找更多的食物才行！"狼妈妈说。

黑乌鸦来找波洛波。"呱，呱！波洛波，原来是你在照看小狼呀！

比莱尔比村的孩子

我们乌鸦也可以来帮忙照看,这对我们乌鸦也有好处呢!"

几天以后,狼妈妈从外面寻找食物刚回到洞里,就听见乌鸦在天空中一边扇动着翅膀一边喊叫:"呱,呱,呱!狼妈妈要小心呀!那边有人正在朝你们这边走过来了!""嗷……咿!人类最危险了!他们是不是在寻找狼的窝?"狼妈妈心想。"快,孩子们,都跟我来!咱们必须搬家了!你们先躲藏到不远的一个地方。我跟你们的爸爸要到很远很远的地方去。如果人类打死了我和你们的爸爸,那你们就无法活下去了。等危险过去之后,我们再回来!"

冬天到了。波洛波又来看望狼的一家。"你瞧,"狼妈妈说,"孩子们都长大了。"

"噢,波洛波,波洛波!它们怎么老是打闹呀?"

"它们是在显示自己的力量呢。从现在起,它们要明确自己在家庭里的位置!狼爸爸的话大家都要听。"

"妈……妈!你的话我们也听呢!"小狼们叫喊着。

从此以后,波洛波从早到晚都能听到狼们的歌声。

"嗷……咿!嗷……咿!"

后来,小狼们自己能找吃的了,它们也学着爸爸妈妈的样子,先从抓小动物开始训练。遇到大一点的动物,它们就齐心协力一起捕捉。

有一次,狼爸爸准备捕捉一头马鹿。捕捉马鹿可不是件容易的事!因为马鹿一脚就能把一只狼踢死!

狼妈妈和小狼们在狼先生的带领下,经过一番搏斗,终于成功了。这是一头又高又大的马鹿,足够狼先生一家饱餐一顿。当狼先生一家吃得正起劲时,一只狗熊老远闻到了鹿肉味,它也想分吃鹿肉。狼先生见狗熊朝它们走过来,只好无奈地丢下鹿肉,躲到一边去了。狗熊吃饱了,只丢下一堆没啃干净的骨头和内脏摇晃着走了。这时,早就等在旁边的乌鸦、山猫、狼獾、狐狸也都陆续赶来分吃剩下的鹿肉。

"喂,波洛波,"乌鸦说,"狼先生对我们的益处可真大!不仅我们乌鸦得实惠,就连山鹰、狼獾、狐狸也都能从它们那里得到好处。"

"是啊，"狼妈妈叹着气说，"咱们是有福共享！可是人类不愿加入我们的行列！"

冬天又到了。波洛波的朋友们又聚齐了来找它。

"噢，波洛波，听！多好听的狼嗥！是从森林深处传出来的……"乌鸦说。

"唉！狼可是最危险的动物！"驯鹿说。

"谁都有自己的天敌呀。"兔子说。

"嗯，不过，狼倒不算是最危险的动物。"狼獾说。

"对，对，人类才是最危险的！"狐狸说。

"是啊，波洛波，波洛波！"波洛波说，"各种动物都要生存，同样人类也需要生存，其实我们大家少了谁都是不行的！"

自高自大的鹦鹉

[瑞典]埃娃·马尔姆奎斯特　著

"哈,哈,哈!"鹦鹉高叫着,它为自己有一副美妙动听的嗓子而得意。为了炫耀自己,它还特意提高了嗓门儿,生怕别人听不到。

"世界上没有人能像我一样,唱出这么悦耳动听的歌。"鹦鹉对老黄狗说。这时,老黄狗正老老实实地蹲在笼子底下,瞪着乞求的眼睛看着笼子里的鹦鹉,它真希望鹦鹉爪子里的那块糖能掉下来。可是,鹦鹉却抓得紧紧的,咯嘣咯嘣地小口吃着,样子看上去惬意无比。

"我真不明白,这个地区要这么多鸟干什么。"鹦鹉不满地说,"我一个人歌唱就够大家听的了。听,那只苍头燕雀的破嗓子,跟用什么东西划磁盘子似的,难听死了。瞧我,能像没上润滑油的厨房门一样,发出又尖细、又悦耳的叫声。"

"呸!别提那扇破厨房门了。"老黄狗说着,轻轻地碰了一下放笼子的桌子,它想让鹦鹉丢掉爪子里的那块糖。鹦鹉看出了老黄狗的居心,于是翻了翻那双黄眼睛,得意地慢慢松开了爪子,只听啪嗒一声,糖块掉进了笼子底下专供鹦鹉洗澡的水盆里。

"这是人类给我的荣誉。"鹦鹉说,"让我住一间自己的屋子,有专人伺候我,每天给我送吃的、换洗澡水和干净的沙子,还让你这条老黄狗陪着。这里可是我的天地。"

"你怎么这样说话呢。"老黄狗说到这儿没有再往下说,因为它不屑跟这只骄傲自大的鹦鹉拌嘴。

"明摆着的嘛。"鹦鹉争辩说,"这里的一切都是以我为中心的。如果人们听不到我美妙的歌声,会怎样呢?"这时,鹦鹉的主人刚好进了屋,他把一个挂钟挂在了墙上。挂钟滴滴答答有节奏地走着。这是一个很别致的挂钟,钟面上是一间棕红色的小房子,钟的顶上还有一圈橡树叶扎成的花边儿。

"瞧见了吧,"鹦鹉得意地说,"主人又为我送来一个八音盒,这可是专门为我伴奏用的。现在,我正缺这件东西。"

鹦鹉兴奋地吱吱嘎嘎地叫了起来。听它这么一叫,老黄狗吓得把尾巴夹在两条后腿中间赶紧跑了。

"哈,哈!"鹦鹉得意地笑了,"胆小鬼!"

这时,一件奇怪的事情发生了。那个挂钟中间的一扇小门突然慢慢地、不声不响地打开了,门口出来一只灰色的小鸟。小灰鸟连看鹦鹉一眼都不看,便张开嘴咕咕咕地一连叫了 12 下,那声音清脆有力,像银铃一样美妙动听。原来这是一只布谷鸟。布谷鸟叫完以后,转身躲回盒子里,门又慢慢地、不声不响地关上了。咦,鹦鹉大吃了一惊,身子一歪,差点气得摔倒在地上。

"真不要脸! 躲在屋子里叫! 瞧它那个样儿,又灰又小,多么丑陋可笑!"鹦鹉一边说一边冲挂钟发出怪叫。鹦鹉心想:哼,等我睡完午觉,再叫它几声,非把那只小灰鸟镇住不可。

鹦鹉没睡一会儿,时间到 12 点 30 分了。这时,那只布谷鸟又出来了,不过这次它只叫了一声。声音又清脆又美妙,连屋子外面也能听清。主人进屋里说:"真是讨人喜欢的布谷鸟! 报时可真准!"

"快关上门! 风太大了!"鹦鹉生气地向小灰鸟喊叫着。

嘿,布谷鸟还真听它的,果真关上了门。

鹦鹉得意了,心想这个小灰鸟肯定是被自己吓住了。可是,鹦鹉却不想就此罢休。"最好跟它一比高低。"鹦鹉自言自语地说,"我必须把它赶出这间屋子,不然的话,我非让它的叫声气死不可。要是让它也在这儿咕咕地叫,我的脸往哪儿搁呀!"

　　于是,鹦鹉跳到笼子顶上,开始学着小灰鸟叫了起来。"从现在开始,这间屋子里要实行全新的报时制度。"鹦鹉叫着,"因为只有我才知道怎样确定时间。我知道,要是把半个钟头延长一倍,时间就会比过去长四倍。这就要看一连能叫出多少个咕咕。"鹦鹉说着便咕咕地叫了两声。接着,鹦鹉一连又叫了12声。叫完之后,它觉得还不够,于是又一连叫了24声,最后它索性一连叫了48声。

　　鹦鹉的嗓子叫哑了。它没心思吃东西了,也没心思再叫下去了,因为这会儿它已经很累很累了。它心想,一连叫了这么多声,至少一昼夜都不用叫了,这样它就可以安心地睡上一觉了。只要它睡着了,屋子里也就不需要什么时间了。

　　"我就是时间。"鹦鹉得意地对正在壁炉前吃食的老黄狗说,"我休息时,时间就不走了,你懂吗? 正因为如此,也不许你再啃骨头了! 否则的话,我就咬掉你的尾巴。这间屋子里现在需要安静和秩序!"

　　鹦鹉说完就睡着了。老黄狗也想睡觉,可是它怎么也睡不着,两只眼睛却离不开食盆里的那根香喷喷的肉骨头。可是鹦鹉给它规定了吃饭的时间,因而它不敢违抗。忽然,挂钟上的那个棕红色小门又打开了,布谷鸟悄悄地、不慌不忙地走了出来,又咕咕地叫了两声。声音像原来一样不大不小。不过,这次只叫了两声,因为现在正好是2点钟。鹦鹉被叫声惊醒了,它气得浑身直发抖。

　　"怎么回事?"鹦鹉气愤地说,"又是谁在叫? 我已经叫过48遍了。有哪个不要命的家伙还敢跟我较量?"老黄狗提心吊胆地站起来,摆了摆尾巴,不紧不慢地说:"院子里的那个太阳钟正好指到两点了!"老黄狗一边说一边用眼睛瞟了一下食盆里的那根肉骨头。

　　布谷鸟的叫声使老黄狗看到了一点希望,说不定鹦鹉会同意它用舌头舔一下肉骨头。可谁知,它的话却激怒了鹦鹉。"废话!"鹦鹉气急败坏地说,"连话都不会说的傻太阳,跟时间有什么关系!我的嗓子都叫哑了,还不是为了你们大伙儿。你要是再提太阳钟,我就啄死你。"

老黄狗吓坏了,赶紧缩成了一团,闭上眼睛,装出睡着的样子。可是,鹦鹉的气一点儿也没消。

"你给我说太阳是黑色的!"鹦鹉逼着老黄狗说。

"太阳是黑色的!"老黄狗可怜兮兮地说,然后就响亮地开始打起了呼噜,装作睡得很香的样子。鹦鹉定了定神,扑扇了两下翅膀。在阳光下,它身上红绿蓝三色羽毛显得更加光彩夺目。鹦鹉使劲摇晃着头顶上的那撮蓝色的羽毛,它要让大家都知道它才是世界上最美丽的小鸟。

然而就在此时,那只布谷鸟又出来了,它还一连叫了三声。这下可把鹦鹉给激怒了。鹦鹉心想:这个灰家伙怎么还会没完没了地叫呢?

于是,鹦鹉张开翅膀朝小布谷鸟飞过去,它决定把小灰鸟啄死。鹦鹉心想,要是让小灰鸟待在那个挂钟里,不仅时间会被打乱,而且连整个屋子里的气氛都被它破坏了。

可是,当鹦鹉飞到挂钟前时,布谷鸟却像往常一样躲进了盒子里,随即又把门关上了。鹦鹉砰地一声撞在了门上,只听"咯"的一声惨叫,鹦鹉摔倒在了地上。

"破坏!"鹦鹉气极败坏地说,"陷害!"

老黄狗赶紧睁开眼睛,惊奇地仰着头看了看墙上的挂钟。

"明明是你自己去撞人家嘛!"老黄狗说。

"一点不错,"鹦鹉说,"我要是不去撞它,那它就一定会来撞我!它会把我的整个笼子都撞翻到地上。我早就看出了它的歹意,所以才决定先下手的。"

"人家不一定像你想得那么坏吧!"老黄狗没好气地说。

"什么，你还帮它说话，你是不是不想活了！"鹦鹉说着狠狠地啄了一下老黄狗的尾巴。

然后，鹦鹉又飞到挂钟顶上，单等着布谷鸟出来。鹦鹉双脚紧紧地抓住挂钟顶上的花边，眼睛则死死盯住布谷鸟经常出入的那扇门。鹦鹉心想："这个家伙还自以为报时间是它的事呢，其实这跟它一点关系也没有！我要给它致命的一击"。

鹦鹉一边等一边用尖尖的嘴巴咔咔地啄着挂钟顶上的花边，摆出一副决战的架势。老黄狗见了有些紧张，心砰砰直跳。它想，那个小灰鸟还会出来吗？如果那只小灰鸟真的出来，可该怎么办呢？老黄狗深深地叹了口气。它打心眼儿里向着那只小灰鸟，因为它觉得要是由小灰鸟来决定屋里的时间，它一定会吃到肉骨头的。

就在此时，挂钟上的小门又慢慢打开了。啊，终于等到了。鹦鹉紧张得浑身直抖，它想，小灰鸟虽然小，可说不定会有锋利的爪子。不管如何，鹦鹉下定了决心，宁死也要跟这个小灰鸟一决雌雄。它觉得世界上只能留下像它这样的小鸟。

"咕、咕！"布谷鸟叫了一遍。鹦鹉趁机用嘴猛啄布谷鸟的头，一口咬住了它的冠子。

"咕、咕！"布谷鸟又叫了第二遍。鹦鹉又使劲儿一拽，把布谷鸟的半个脑袋给咬掉了。

"咕、咕！"布谷鸟若无其事地又叫了第三遍，时针正好指向 3 点钟。叫完三遍后，布谷鸟一声不响地又进了屋，仍然不慌不忙地关上门。

鹦鹉站在挂钟顶上，嘴里叼着布谷鸟的半个头，气愤地甩来甩去。唉，太可怕了！这家伙怎么跟别的鸟不一样，啄掉了半个脑袋也一点事没有。哼，不管怎么说，这家伙肯定是不行了。这会儿它说不定已经躺在窝里咽气了呢。哼，看它以后还敢不敢再探头探脑地瞎叫了。

谁知时间到 4 点钟时，布谷鸟又出来了。原来，它每隔半个钟头和一个钟头就要出来一次。鹦鹉气极了，它站在挂钟顶上，只要布谷鸟一露面,它就拼命地乱啄,现在,鹦鹉连饭也不吃,觉也不睡了。就这样,鹦鹉整整守了两天两夜,它的身体变瘦了,身上的羽毛也快掉光了。而那只布谷鸟已被它啄得连身子都没有了。可是,鹦鹉仍不肯罢休。它把半个身子探到挂钟下面,继续不停地啄呀啄。

12个钟头过去了。到最后,布谷鸟被啄得全身一点儿也不见了,只剩下一个很小很小的弹簧。鹦鹉这才松了口气,拖着疲惫的身子回到了它的笼子里。12点半时,挂钟的小门仍像往常一样打开,只见那个很小的弹簧一晃一晃地走出来,跟布谷鸟一样"咕咕"地叫了一遍。

老黄狗不住地摇头。这时,它忽然发现有什么东西掉到了地上。它仔细一看,原来是鹦鹉爱吃的那块糖。老黄狗抬头再看鹦鹉,发现它已经躺在笼子里被气死了。

老黄狗心想,多么可怜又可悲的鹦鹉呀,直到临死也没能明白,它根本就不是什么世界上独一无二的报时鸟。老黄狗想到这儿,便舔起地上的那个糖块,送到嘴里咯嘣咯嘣地吃了起来。

自高自大的鹦鹉就这样死了。它的教训告诉人们:越过高地看重自己,就越容易看低别人,而到头来将自食其果。

山莓花仙子

［瑞典］苏尔维·赫格斯特姆　著

　　在一片蓝幽幽的群山后面,在沙沙作响的森林边上,有一片仙子草地,在离草地不远的地方有一处山莓坡。从前,在这个山莓坡上曾生活过一个叫埃尔维娃的花仙子。这个故事讲的就是她。

　　一个仲夏节的傍晚,所有的花仙子们都在草地上举行联欢。正当他们围着河边和山坡欢快地跳舞时,山莓坡上的一朵山莓花里生出了一个小花仙子。原来,花仙子们都是从各种各样的鲜花里生出来的。可是,过去从没有人听说过山莓花里也能生出花仙子。因为山莓花实在太弱小了,根本就不能算花。花仙子们根本没把刚刚出生的山莓花仙子放在眼里。

　　可是,花仙子国王见了却非常高兴。他抱起山莓花仙子,高高地举过头顶,对周围的花仙子们说:"一个女孩儿！我给她起名叫埃尔维娃吧,这个名字将能使她成为王后。"

　　花仙子跟人类不一样,他们没有生身父母,因而谁都可以把新出生的小花仙子领回家抚养。可是,这次却好久没人愿意领养山莓花仙子。最后,一个上了年纪的老妈妈走到山莓花仙子跟前。老妈妈看了看小花仙子,心里想着国王说过的话,觉得其实这孩子长得挺漂亮,长大了说不定真会有出息呢。于是,老妈妈决定把山莓花仙子领回家里去抚养。

月亮高高地挂在天空中,月光像水银一样洁白、明亮,向世界洒着清辉。老妈妈带着小花仙子回家了。从此,埃尔维娃就跟着老妈妈一起生活了。

每个花仙子对生育他们的花儿都有一种特殊的感情。每当春天到来的时候,他们都要为生出自己的花儿唱歌跳舞。玫瑰花仙子就在玫瑰花下跳舞,芍药花仙子就在芍药花丛中追逐,百合花仙子和紫罗兰花仙子就围着自己的花丛尽情地歌唱。只有山莓花仙子,她孤零零地一个人在山莓坡上徜徉,没人愿意跟她一起玩耍。花仙子们都瞧不起又小又弱的山莓花仙子。

"瞧她的长相多滑稽呀!"花仙子们说,"只配呆在山莓坡上做美梦!而且她的花儿一点儿都不香。"埃尔维娃并不难过,她飞到小白花上面,坐在花瓣中间唱起了歌。她手里总拿着一把梭子,不停手地织着一块一块的小桌布和小窗帘,图案全是白色的山莓花。有时,当她感到孤单时,她就跟自己说悄悄话,给高山讲故事,让大树猜谜语。有时,她想象着森林里的树能像天那么高,想象着高高的山上放射着灿烂的光芒,蓝蓝的湖面上碧光闪烁。其实,她心底里最大的愿望就是自己能长出翅膀飞到天空去遨翔。

有一天,埃尔维娃在山莓花上坐了很长时间,她一边看着高山一边自言自语地说着话。忽然,就听见有人在呼唤她的名字,虽然声音很小,但是很清楚。

"埃尔维娃!"那个声音叫着,"埃尔维娃!"

埃尔维娃惊讶地向四周瞧瞧,是谁在呼唤自己呢?声音听上去不像是花仙子们,因为他们从来不到山莓坡这边来。

"埃尔维娃!"那个声音又叫了一遍。

"我看不见你!"埃尔维娃心情不安地说,"你是谁?"

"我在这儿!"声音回答说,接着传来一阵笑声,笑声虽然很微弱,却很悦耳好听。

"喂,你出来吧!"埃尔维娃说。

"我不就在你跟前嘛!"声音说。埃尔维娃这时才发现,自己脚边的一片叶子上有一条很小的绿虫子。

"哎呀!"山莓花仙子吓得往后缩了一下。可是,小绿虫子却冲她微笑了一下,样子看上去倒也不吓人。"你叫什么名字?"埃尔维娃问。

"菲利克斯!"小虫子回答说,然后又咧着嘴笑了起来。

"哦!"埃尔维娃说,"你刚才不是在偷听我说话吧?"

"没有啊!"小虫子说着脸刷的一下红了起来,因为它知道自己说的不是实话。小虫子也知道说谎是不好的行为。

"你肯定偷听了!"埃尔维娃生气地说,"我的秘密你都知道了,可我还一点儿都不知道你的秘密呢。"

"你讲的故事真有趣。"小虫子说,"你要是会飞该有多好呀!"

从这天起,小虫子总是来找山莓花仙子一起玩。他们把山莓藤当滑梯,把山莓叶子当跳板,玩得可高兴了。埃尔维娃再也不感到孤单了。小虫子菲利克斯越长越大,到后来它竟然能驮着埃尔维娃到处跑了。小虫子浑身软软的,埃尔维娃坐在上面就像坐在沙发上一样。小虫子的肚子底下还有好多条腿,埃尔维娃给小虫子起了个名字,叫千条腿的绿沙发。

"不对,我才不是沙发呢!"小虫子菲利克斯像是受了委屈似地说,"我是一匹马,一匹大斑马!"

"呵呵! 你是一头大象!"埃尔维娃大声说,"一头绿色的大象!"就这样,他们在一块欢乐地度过了那个美丽又难忘的春天。

夏天到了。仙子草地上的花仙子们不再为自己的花朵唱歌跳舞了,他们去干别的事儿去了。山莓花也结成了小山莓。可是,埃尔维娃每天还是到山莓坡去找菲利克斯一起玩。

"山莓坡里还有山莓花吗?"一天早晨老妈妈问埃尔维娃。"嗯,我也不知道!"埃尔维娃回答说,"我只觉得那里很美丽!"

　　埃尔维娃说完就出了门。老妈妈看着她朝山莓坡走去。埃尔维娃像往常一样来到和菲利克斯相见的地方。她等啊等,可是总也没见到菲利克斯的影子。到后来,埃尔维娃等急了,她一边大声喊着菲利克斯的名字,一边在山莓坡上到处寻找。以前,菲利克斯可从来不迟到的呀,这次它为什么没来呢?

　　不知过了多久,忽然埃尔维娃听见山莓坡的另一边有个人在闷声闷气地喊自己的名字。

　　"埃尔维娃!"声音闷闷的像是隔着厚厚的被子喊出来的。埃尔维娃顺着喊声看去,她发现喊声是从树上挂着的一个奇怪的灰包包里传出来的。埃尔维娃伸手就去抓那个灰包包,只听见包包里传出了急切的喊声:"别动,别碰我!"

　　埃尔维娃吓得赶紧把手缩了回来。那喊声很像是菲利克斯,可是他怎么会到灰包包里边去了呢?

　　"你是菲利克斯吗?"埃尔维娃大声问道。

　　"是的。"声音回答说,"我是菲利克斯,我现在已经变成了蛹。在这之前,我没来得及告诉你,让你着急了。"

　　"可是,你为什么要变成蛹呢?"埃尔维娃伤心地问。

　　"小虫子们都要变成蛹的。"菲利克斯说,"我要在这个茧里待上一段时间,你要耐心地等着我。"菲利克斯说完就不吭声了。

　　从此,菲利克斯一连好几天都躲在茧子里,不吃饭,不喝水,也不跟埃尔维娃说话。无论埃尔维娃如何恳求,它也不言语了。

　　时间一天一天地过去了。没有菲利克斯的陪伴,埃尔维娃感到很孤单。到后来,埃尔维娃心想,可怜的菲利克斯,你不会被灰包包憋死吧?她真想打开灰包包把菲利克斯救出来。可是,她想起了菲利克斯的话,就没敢动灰包包。

　　有一天,埃尔维娃仍像往常一样来到山莓坡,又来看灰包包,埃尔维娃发现那个灰包包上面有一个大洞,包包里面已经空荡荡的了。

比莱尔比村的孩子

"菲利克斯,菲利克斯,你到哪儿去了?"埃尔维娃又着急又伤心,眼泪刷刷地流了下来。"你果真死了吗?"埃尔维娃一边哭泣一边自言自语地说。

就在此时,埃尔维娃的头顶上忽然飞来一只美丽的蝴蝶。蝴蝶笑着朝埃尔维娃招手。啊,菲利克斯!埃尔维娃一眼就认出他来。菲利克斯完全变了样子!

"喂,菲利克斯!"埃尔维娃一边喊一边朝蝴蝶伸出了双手。

"啊,你竟然认出我了!"菲利克斯在空中兴奋地喊道。

小蝴蝶落在埃尔维娃身边。埃尔维娃用手轻轻地摸着小蝴蝶的翅膀。翅膀像一把扇子,上面有好多小红点,跟丝绸一样柔软、发亮。

"看把你吓的!"菲利克斯说。

"可是,你怎么会变成一只蝴蝶呢?"埃尔维娃问。

"这是自然规律。"菲利克斯说,"开始时我也不知道,不过后来就慢慢明白了。我的一生要分成好几个阶段,比如变成蛹躲到茧子里就是一个阶段。但我从茧子里出来以后,就有了翅膀,就能在天上飞了。"

"啊,太美了!"埃尔维娃兴奋地说,"那花仙子能不能也变成蛹躲进茧子里面去呢?"

"我想应该是不能的!"菲利克斯说着又在空中飞了一圈。埃尔维娃十分羡慕地看着菲利克斯。

"我一直想在天上飞!"她说,"你觉得……你觉得能不能……"

"试试看吧!"还没等埃尔维娃把话说出来,菲利克斯就已经知道她的意思了。"你坐在我的背上,我驮着你飞,不过你要小心,我的翅膀还很软。扶好,起飞了!"小蝴蝶驮着埃尔维娃飞上了天空。刚开始,埃尔维娃还有点儿害怕,不过飞了几圈之后,她就一点儿也不怕了。他们在天空中飞呀,飞呀,飞过了仙子草地,飞过了森林。埃尔维娃从来没有像现在这样快乐。天快黑的时候,小蝴蝶驮着埃尔维娃又飞回了山莓坡。

"咱们明天再见吧!"小蝴蝶说完就飞走了。埃尔维娃一边唱着歌,一边欢天喜地地往家走去。到了家里,埃尔维娃就见家里来了好多陌生人。老妈妈笑着说,家里来了尊贵的客人,已经等了埃尔维娃好长时间。

"等我干什么?"埃尔维娃奇怪地问,"客人们跟我有什么关系呢?"

"这是位很高贵的客人,他很想见见你。"妈妈板着脸说。埃尔维娃就看见厨房里坐着一位尖耳朵的先生。妈妈介绍说,这位是森林仙子的国王。埃尔维娃很有礼貌地向他鞠了一躬,尖耳朵先生也很客气地回了一个礼。

"我叫维达,"高贵的客人说,"就是森林仙子的国王维达。"

"我叫埃尔维娃。"埃尔维娃说。

"嗯,是这么回事,埃尔维娃。"这时坐在旁边的另一个客人说,"夏天一到,我们就准备为你们举行婚礼。"

埃尔维娃终于明白了,原来,尖耳朵森林仙子国王是来向她求婚的。埃尔维娃大睁着眼睛看着面前的国王。她之前还不知道,花仙子们到了年龄,家里的人就会为她操办婚事。

"为什么呢?"她一边说一边看看老妈妈。

"这是命里早就注定的!"老妈妈说,"你刚出生的时候,国王就说过,你将来会成为一位王后。""你已经到了结婚年龄了。"老妈妈接着说,"你有这么好的运气能跟森林仙子国王结婚,应该感到高兴才对啊!"

"可是,我不愿意呀!"埃尔维娃小声说。

"别胡说!"老妈妈说,"等你结了婚,咱们就能住进金碧辉煌的宫殿。"

森林仙子国王的脸抽动了一下,伸出手要去拉埃尔维娃。可是埃尔维娃撒开腿就跑。她一口气跑到了山莓坡。她想找菲利克斯,可是菲利克斯不在。

这时,她听到老妈妈和森林仙子国王一边喊叫,一边朝她这边跑了过来。埃尔维娃心想,如果被他们抓住了,再想跑就怕跑不掉了。就在万分危急的时候,埃尔维娃感到突然有人拉着她的裙子飞到了天空中。噢,原来是小蝴蝶菲利克斯来救她了。

小蝴蝶驮着埃尔维娃离开了山莓坡。他们飞呀飞,整整飞了一个夏天。小蝴蝶驮着埃尔维娃一起游遍了整个大地,看到了许多新鲜事,也学会了好多种语言,其中有小矮人语言、南方语言和西方语言。埃尔维娃真正长大了,不过身体还是那么轻。有一天,埃尔维娃忽然想回山莓坡了。

"菲利克斯!"她叫道,"你说,我们离开了这么长时间了,那个维达国王是否会另找别人结婚呢?"

"嗯……"菲利克斯思考一下说,"也许会吧,可是,这跟我们有什么关系呢?"

"我想回山莓坡看看了。"埃尔维娃说。

"好吧,我把你送回去。"

小蝴蝶就驮着埃尔维娃开始往回飞了。一路上,他们经过一片又一片野地,穿过一个又一个国家,认识了好多好多朋友。他们不知飞了多长时间,后来,小蝴蝶觉得很疲倦很疲倦了,飞行的速度自然也慢多了。这时,天气也开始慢慢地变凉了,而小蝴蝶也变得越来越瘦。

"菲利克斯,"埃尔维娃关心地问,"你是不是病了?"

菲利克斯深深吸了口气,回过头来冲埃尔维娃微笑说,"因为秋天快到了!"小蝴蝶咬着牙,仍坚持着继续往前飞。它的翅膀已经衰弱得很厉害了,翅膀上那美丽的红点几乎全脱落了,身体也渐渐变成了黑色。

"喂,菲利克斯!"埃尔维娃说,"我们不能再向前飞了,先停下休息休息,等你体力恢复了再继续向前飞吧!"

"好吧。"小蝴蝶说,"那我们就在飞行仙子峡谷中休息一下吧。在那儿有足够的食物,等一吃饱喝足,我们再继续往前飞吧!"

就这样,他们在飞到仙子峡谷后住了几天,可是,菲利克斯的身体并未见好转。它说,它现在感到很困,特别想睡觉,恐怕在冬天到来之前是飞不回山莓坡了。埃尔维娃听了很着急。因为她知道,在冬天到来之前,如果飞不回山莓坡,那他们两个就会被冻死。想到这里,埃尔维娃难过极了。

有一天,飞行峡谷中忽然来了一位飞行仙子,他说他愿意把菲利克斯和埃尔维娃安全送回到山莓坡。

"好极了!"埃尔维娃说,"这样,我们就可以平平安安地在山莓坡度过冬天了。"

飞行仙子和埃尔维娃用最柔软的树叶把菲利克斯包裹起来。然后,埃尔维娃拥抱着菲利克斯坐在飞行仙子的背上,朝山莓坡飞去。

到了山莓坡,埃尔维娃和飞行仙子把菲利克斯轻轻地放在山莓丛里,菲利克斯的脸上露出了凄然的微笑,但仍旧显得很疲劳。它小声地对埃尔维娃说:"为我唱支歌吧!"埃尔维娃立即唱起了最美妙动听的歌,小蝴蝶在甜美的歌声中慢慢地入睡了。

埃尔维娃把菲利克斯放进一个土坑里,然后用很多干枯的树叶把它盖住,这样它在冬天就不会挨冻了。

"明年春天再见吧,朋友!"埃尔维娃恋恋不舍地流下了眼泪,然后对飞行仙子说:"谢谢你把我们送回到山莓坡。你赶快飞回飞行仙子峡谷吧,不然冬天一到你可就回不去了。"

"不,我不回去了!"飞行仙子坚定地说。

"为什么呀?"埃尔维娃奇怪地问。

"我要留在这儿。"飞行仙子说,"其实,这儿也是我的家!"

"真的吗?"埃尔维娃高兴地说。

"是真的。你愿意让我留下来吗?"

"当然愿意,不过你是从什么花里出生的呀?"

"山莓花!"飞行仙子自豪地说,"飞行峡谷里的仙子只有我一个是山莓花仙子。"

比
莱
尔
比
村
的
孩
子

"太好了!"埃尔维娃说,"太好了! 我总算有伙伴了。"

"从今以后咱俩就永不分离了。"飞行仙子说完紧紧地把埃尔维娃揽进怀里。两个山莓花的仙子终于相遇了。他们手拉着手在山莓坡跳了起来。

"国王死了,国王死了!"花仙子们在草地上呼喊着。当花仙子们看到飞行仙子和埃尔维娃时,又高声喊道:"啊,多么美好的一对! 是我们的新国王飞行仙子回来了!"

"飞行仙子,新国王! 新国王,飞行仙子!"花仙子们齐声欢呼起来。在花仙子们的簇拥下,飞行仙子领着埃尔维娃坐到了王位上。花仙子们把一束束鲜花投到他们身上,把两顶金光闪闪的王冠戴在他们俩的头上。那是像山莓花冠一样的王冠,四周还镶着闪光发亮的红宝石呢!

就这样,飞行仙子回来当上了花仙子们的新国王,而埃尔维娃就成了他们的新王后。

时间一年一年地过去了。他们的王国里收留了好多好多在孤独、丑陋的花中出生的花仙子们。在飞行仙子和埃尔维娃的领导下,花仙子们过着幸福、快活、平等和自由的生活。

巨人与牧童

[瑞典]贡·希尔顿·卡瓦柳斯 著

从前,有一个牧童,他常常到森林里去放羊。有一次,他赶着羊群来到一位巨人居住的山上。小羊们在山坡上跑来跑去,乱蹦乱跳。羊群的吵闹声惊动了住在山洞里的巨人。巨人从床上爬起来,竖着耳朵仔细听了听,然后他走出山洞,想看看外面到底发生了什么事。当他明白是一位小牧童赶着羊群在大吵大闹时,巨人气坏了。他真想抓住牧童,狠狠地教训他一下,于是巨人大踏步向牧童走过去。巨人的身材特别高大,看上去可怕极了。牧童见了,吓得赶紧赶着羊群向森林的另一座山上跑去。

牧童赶着羊群在那座山上整整待了一天。饿了,他就吃一点随身带的干粮。他一边吃着干粮一边琢磨,要是能想个办法治一下那个可恶的巨人该有多好啊。

傍晚,牧童赶着羊群回家了。到家以后,他看见母亲正在忙着制作奶酪。

"好妈妈,能给我一块奶酪吗?我明天到森林里放羊带着吃。"牧童对母亲说。

"行,给你一块。"母亲说完就拿了一块奶酪递给了小牧童。牧童接过奶酪立即将奶酪在烟灰里滚了几下,黄黄的奶酪立刻变得像灰砖头一样。母亲见了感到奇怪极了。

"你这是干什么呀,我的傻儿子?"母亲说,"你怎么能这么浪费食物呢!"

牧童拍了拍妈妈的胳膊说:"不要生气,我的好妈妈。这块奶酪我不会白白浪费的。它有重要的作用。"母亲不再说什么了,又低下头忙自己的活了。牧童又把奶酪在烟灰里滚了几下,然后放进自己的大皮口袋里,安心地上床睡觉去了。

第二天一早,牧童很早就起了床,他穿好衣服,背上皮口袋,赶着羊群又一次走进了森林,他一直朝巨人住的那座山跟前走去。没多久,巨人又被牧童和他的羊群给吵醒了。巨人想,一定又是那个牧童赶着羊群来捣乱了。于是,他打开洞门,迈着大步向牧童冲了过去。巨人的脸都气红了,看上去可怕极了。牧童吓得心怦怦直跳,但他仍壮着胆子,睁圆了眼睛望着巨人。

"你到我的山上来吵什么?"巨人吼叫道。

"你没看见我正在放羊吗,老爹爹?"牧童不畏惧地回答说。

"赶快给我滚开,你这个该死的牧童。"巨人大声叫嚷着,"你以后要是再敢到这儿来吵我,我就像攥这块砖头一样,把你攥成粉末。"巨人说着弯下腰,从地上随手捡起一块灰砖头,用大手一攥,砖头立即变成了粉末。

可是,牧童并没有被这个巨人吓住。他也学着巨人的样子弯下腰,从地上捡起一块砖头。不过,他趁巨人没留意,顺手从大皮口袋里掏出了那块沾满烟灰的灰奶酪,然后在手心里使劲儿一挤,奶油便顺着指缝直往地下流。

"如果你敢伤害我,那我就把你像挤这块砖头一样,把你身上的油水全都给你挤出来。"

巨人见了地上的油点子,心里大吃一惊,脸都被吓得苍白了。他一声不响地钻回了山洞。巨人在洞里躲了一天一夜，心里思考着牧童怎么也会有那么大的力气。

牧童高高兴兴地在森林里放着羊。天快黑的时候，牧童赶着羊群回家了。他高兴地告诉母亲白天里发生的事，说那块灰砖头的用处实在太大了。母亲听了，笑着拍了拍儿子的小脸蛋。

第三天，牧童又很早就起了床，他穿好衣服，仍赶着羊群进森林放牧，又径直朝巨人住的那个山洞口走去。没过多久，巨人果然就又被羊群给吵醒了。巨人一下就猜到了，肯定又是那个小牧童赶着羊群来捣乱了。于是，他赶紧打开山洞门出来看。这次，巨人不敢再对牧童耍威风了。

"早晨好，老爹爹，"小牧童向巨人点头问候道，"今天我们是不是还要比试比试，看看是谁的劲儿更大？"巨人怕牧童笑话他胆小不敢比，只好同意了。

"老爹爹！我以为，最好的方法就是看谁能把您的斧头丢到很高很高的空中，而且不能让斧头落到地上，您说好不好？"

巨人点点头答应了。于是，他们便摆开招势准备比赛了。牧童让巨人先开始扔。巨人使足了劲儿抡了抡胳膊，一下子就把斧头抛到高高的天空里。可是，尽管他扔得很高，斧头总是还会落到了地上。

"老爹爹，您失败了，"牧童说，"不过您不要生气。您还可以再扔一次，说不定这次能抛得好一点儿。"于是，巨人又抓起斧头，把胳膊抡了好几圈。最后，他憋足了劲儿一扔，斧头嗖的一声飞上天空不见了。但是，过了一会儿，斧头仍旧落到了地上。

"真没想到您就这么点劲儿。"牧童说，"等过一会儿，您看我扔吧。请您站在我的前头，仰着头往天空上看。等我扔斧头时，您可一定要集中精力，看着斧头到底飞到哪儿去了。"

巨人照牧童说的，眼睛一眨不眨地看着天空。牧童抓起斧头，也模仿着巨人的样子，抡了抡胳膊，看来他是想使劲来扔了。可是，就在他要把斧头扔出去的当儿，他一扬手，把斧头放进了背上背着的那口大皮口袋里去了。

"您看到了吗,这下您再也见不到您的斧头了,老爹爹。"牧童得意地对巨人说,"我向您保证,您再也不会见到您的那把斧头了。"

牧童说完便坐在地上,故意不住地大口喘着粗气。

巨人一直在等斧头从天空掉下来,可是等了好半天,他连斧头的影子也没见到。

"好了,我去放羊了。"牧童说,"不过,老爹爹,您要是还想在这儿等着斧头掉下来,那您就继续等吧!"牧童说完赶着羊群走了。巨人看着牧童的背影,叹了口气,心想,这个男孩儿的劲儿真大呀,尽管他的个头又小又瘦。

冬天到了。一天,牧童又赶着羊群进了森林,他又跟巨人相遇了。巨人心想,这个男孩儿的劲儿那么大,要是让他给自己当个帮手一定不错。先让他帮助干些活儿,然后再想其他办法把他杀掉也不迟。巨人和牧童一相遇,就夸赞牧童的力气大,问他愿不愿意给自己当帮手。

"没问题。"牧童说,"老爹爹,你那么有钱,只要您多付些工钱给我就行了。""如果你干得漂亮,到时我给你三斗金子。"巨人说,"不过,如果你干得不好,那我就把你背上的筋抽出来。"牧童觉得巨人能给他这么多钱很合算,就满口答应当他的帮手。

巨人领牧童进了山洞,向他的老婆做了介绍。巨人的老婆长得丑陋极了,比她丈夫长得还难看。山洞里堆满了巨人从老百姓那里抢来的金银珠宝。

巨人让牧童帮他干的第一件事是让牧童跟着他到森林里去砍一棵很大的橡树。当他们来到橡树前时,巨人问牧童能不能帮着扶树。

"当然能!"牧童肯定地说。

"好,那你就扶着树。"巨人说。

"可是,我太矮了呀。"牧童说。

"这不要紧。"巨人说着就用两只大手抓住树干,把树梢一直弯到地上,然后叫牧童抓住。牧童紧紧地抓住树梢。可巨人刚一松手,橡树就又弹了回去，一下把牧童抛到了空中。巨人站在树旁直纳闷，怎么搞的，那小子一转眼怎么不见了。

巨人站着向四周看了看，不知牧童到哪儿去了。等了好久也没见牧童的影子。于是，巨人只好一手扶着树一手拿着斧头，自己砍了起来。过了一会儿，牧童忽然又出现了。原来，他被树梢弹到很远的地方，一条腿都给摔伤了，还险些丧了命。巨人问他为什么不把树抓住，牧童装作没听懂他的问话的样子。

"刚才我是想让你看看我到底能跳多远，"牧童说，"不知道老爹爹也能跳得跟我一样远吗?"巨人听了直摇头，说不能。

"我猜您也不能。"牧童说，"既然我一个人能跳那么远，那您就一个人扶着树砍吧，不然的话就太不公平了。"就这样，巨人只好独自一人砍那棵大橡树了。大树终于被砍倒了，该往巨人家里运了。

"你扛树梢吧。"巨人说，"我来扛树根。"

"不，"牧童回答说，"老爹爹，您年纪大了，身体又很弱，还是您扛树梢吧。我年轻，让我来扛树根。"巨人觉得牧童的话有道理，就点头答应了，然后他把尖尖的橡树梢扛在了肩膀上。可是，牧童在后面使劲地喊，说巨人扛歪了，得往后挪挪。巨人照牧童说的往后挪了又挪，最后以至都挪到树干中间。此时，牧童趁巨人不注意就跳到了树上，躲藏到树叶的底下，让巨人发现不了。巨人扛着大树往家走。他觉得肩膀痛极了，可他又不敢说，怕牧童笑话他，因为牧童扛着树根比他的还重。走了一阵，巨人的步子越来越沉重。

"你累了吗?"巨人问牧童。

"不，我一点儿也不累。"牧童回答说，"老爹爹您也一定不累吧!"巨人怕牧童看出自己累来，只好咬着牙，坚持着往前走。当他们回到山洞时，巨人已经累得快不行了。当他要把大树扔在地上时，牧童趁机从树上跳下来，直挺挺地站在大树的另一头。

"你一点儿也不感到累吗?"巨人问。

"累?"牧童毫不在乎地说，"哎呀，这么点儿活算什么呀! 这棵树一点儿也不重,我一个人都能将它扛回来。"

扛完树,巨人在家里整整休息了好几天。晚上,巨人对牧童说,"明天等天一亮,咱们就去地里打麦子。"

"不,"牧童说,"明天的活多,咱们还是在吃早饭之前,趁天没亮就开始打麦子吧。"巨人害怕牧童说他懒惰,就点头答应了,然后上床呼呼地睡觉了。

第二天早晨,天还没亮,牧童就悄悄地溜到巨人的床前,把他推醒了。然后,他俩一起来到打麦场。巨人拿来两个连枷,他自己用一个,另一个给了牧童。连枷又笨又重,牧童哪里举得起来呀。于是,他偷偷把连枷扔到墙角,找了一根棍子。

"咱们开始干吧。"牧童对巨人说。当巨人用连枷打一下麦子时,牧童也举着棍子跟着打一下。因为天黑,所以巨人一点也没察觉牧童手里拿的是棍子。就这样,他们一直干到天亮。

"现在,该回家吃早饭了。"牧童对巨人说。

"嗯,"巨人喘着粗气说,"咱们的活干得漂亮,也该歇歇了。"吃过早饭,巨人独自一人来到牛棚前。他想拉出他的神牛去耕地。牛棚四周没有门,只见巨人把整个牛棚都扛了起来,等神牛走出来之后,他又把牛棚放在原地。犁完了地,巨人走到牧童面前。

"把狗带上。"巨人对牧童说,"让狗带你到牛棚去。狗从哪儿进到牛棚里,你就把牛从哪儿放进去。你要是不能把牛放进牛棚,我就抽你的筋。"巨人说这话时,脸上露出一副恶狠狠的样子。牧童心里明白,巨人是在刻意刁难自己。可是,他却装出没事一样,说一定照办。神狗在前头带路,神牛紧跟在神狗后头。牧童走在最后。当他们来到牛棚跟前时,神狗从地沟里爬进了牛棚。

牧童见牛棚没有门,便知道巨人是把牛棚搬起来,再把牛放出来的。可是,牧童的个子那么小,又没劲儿,根本不可能把整个牛棚搬起来。牧童用手抓着耳朵,一边围着牛棚转了一圈。后来,他终于想出一个办法。于是,他从皮口袋里拿出斧头,杀死了神牛,然后把牛砍成许多块,从地沟里扔进了牛棚。干完一切之后,他就去找巨人,问还有什么活要干的。

"你真的把牛赶进了牛棚吗?"巨人问。

"嗯,当然是真的。"牧童回答说,"不过要想让它像狗一样进到牛棚里是不可能的。我想了个办法,把牛剁成好多块,这样问题就解决了。"巨人听后气得浑身直哆嗦。等牧童走后,巨人便跟他老婆商量,怎么样把牧童干掉。

"喂,老婆子,"巨人说,"那个可恨的小子把咱们的牛给杀死了。要是留着他,说不定什么时候,他也会把我们俩给杀死的。你比我聪明,能不能想个好法子,把他杀掉?"巨人老婆想了一会儿说:"嗯,有了,天黑以后,等那小子睡着了,你就悄悄地爬起来,拿着大棒子,一棒把他打死。"巨人认为这个办法可行,说:"好吧。"

可是,他们说的话全被躲在山洞门口的牧童给偷听到了。天黑以后,牧童悄悄溜进巨人老婆放食品的地方,搬来一个装牛奶的大罐子,偷偷地放进自己睡觉的床上,用被子蒙上,然后他躲到门后,等着看热闹。

夜深的时候,巨人从床上爬了起来,他拿着早就准备好的大棒子,轻手轻脚地走到牧童的床前,举起大棒子狠狠地朝牧童床上的牛奶罐砸去。奶罐被打得粉碎,牛奶也溅了巨人一脸。巨人非常高兴,心想这下那小子可完蛋了。"哈哈,"巨人哈哈笑着对老婆说,"我把他干掉了,你瞧,他的血都溅到我的脸上了。"巨人老婆听了也很高兴,就夸奖老头子干得漂亮。

"现在,我们可以安安心心地睡大觉了,"巨人老婆说,"再也不用担心那个坏小子来谋害我们了!"等巨人睡着后,牧童悄悄地把地上的碎瓦片捡拾干净,又把洒在地上的牛奶也擦干净,然后上床继续睡觉了。天刚蒙蒙亮,牧童就走进巨人的房间问早安。巨人一见牧童,就惊呆了。他们简直不敢相信自己的眼睛。

"这是怎么回事呀?"巨人惊奇地说,"你怎么还活着? 你不是已

比莱尔比村的孩子

经死了吗?"

"怎么可能呢?"牧童说,"昨天晚上,我好像感到一只跳蚤咬了我一下。老爹爹,今天干什么活呀?"巨人惊讶得半天说不出话来。整整一天,巨人都不想见牧童。他绞尽脑汁想有什么好法子治一治小牧童。

晚上,巨人和牧童一块儿坐在饭桌前准备吃晚饭。巨人老婆晚饭做的是稀粥。"好极了!"牧童说,"我可喜欢喝稀粥了。怎么样,我们再比一比看谁喝得多好不好?"巨人听了,心想这下他可完蛋了,就同意跟牧童比试。

比赛开始了。牧童偷偷地把大皮口袋绑在肚子上,他往嘴里吃一勺,再往皮口袋里装7勺。巨人一连吃了7大碗,已经撑得不能再吃了。可是,牧童还是没完没了地吃个不停。

"怎么回事?"牧童问,"老爹爹怎么不吃了? 吃这么点儿就吃不下了?"

"你的个头这么小,怎么能吃这么多东西呀?"巨人问。

"老爹爹,让我来教你吧!"牧童说,"当我吃饱肚子时,我就把肚皮割一个口子,让稀粥从里面流出来,这样一来,我就又能吃很多东西了。不信,你瞧瞧!"

牧童说着便拿出刀子,在皮口袋上划开一道口子,结果稀粥流了出来。巨人觉得这个方法不错。于是,他也抓起刀子,插进了自己的大肚皮。鲜血哗哗地流了出来。没多一会儿,巨人一头栽倒在地上死了。巨人老婆见了,吓得跑出了山洞,再也不敢回来了。

牧童把皮口袋里的稀粥全倒了出来,再用针线把口子缝上,然后装着满满一口袋金银财宝,赶着羊群,高高兴兴地回家去了。

第一个圣诞老人

[瑞典]克里斯特·格林　著

　　从前,有一个圣诞老人,他的个头很小。一天,他独自一人坐在森林边上的一块石头上,想着心事。地上已经下了薄薄的一层雪,圣诞老人的好朋友狐狸也趴在石头旁边,远处的山谷里模模糊糊地能看见一座小村庄。圣诞老人想,我了解森林和动物,可怎么也不了解人类。

　　"喂,米克!为什么有的人家的庄园那么大,可有的人家却连肚子都吃不饱呢?"

　　"我从来就研究不透人类这个东西。"狐狸说,"人类只想杀死森林里的动物。不过,去问问村子里的马吧,它们应该了解人类。"

　　"嗯,好主意。"圣诞老人说,"我就去问它们吧。"

　　第二天,圣诞老人悄悄地来到森林边上的一个破旧的院子里。这里住着一位农民和他的老婆,还有他们的小女儿琳娜。圣诞老人小心翼翼地走进牲口棚。

　　"布伦特!"他对一匹枣红马小声喊道。牲口棚里睡梦中的枣红马一惊,睁开了蒙眬的眼睛。

　　"吓死我了。"枣红马布伦特说。

"真对不起，"圣诞老人说，"我有件事想请教你。你了解人类吗？"

"不，我一点儿也不了解。"枣红马布伦特说，"过一会儿，地主家就要派人来把我拉走，尽管他们家已经有好多匹马了，可还要把我抢走。没有我，农民一家可怎么活哟？"

"你知道嘛，因为农民欠了地主的钱，可是他还不起。"站在枣红马旁边的奶牛罗莎轻声地说。

"可是，嘘……他们过来了！"圣诞老人立即从牲口棚后面的一个洞里爬了出去，一溜烟似地跑进了森林。

第三天，圣诞老人又悄悄地来到农民家的院子。他扒着窗台往屋子里看了看，看见农民正紧紧地抱着女儿琳娜和老伴，还看见另外两个男人正在往每件家具上贴纸条。琳娜一个劲儿地哭泣，农民和他的老伴看上去也很悲伤。圣诞老人见纸条上面都写着"地主的财产"。

"这是怎么回事呢？"圣诞老人问小白兔。

"唉，人类啊，真让人猜不透。"小白兔摇了摇头说。

几天过后，圣诞老人又来到农民的院子。这次他看见地主家的人正准备把枣红马和奶牛全都牵走。琳娜上前阻止他们，却被推到了一边。

"现在，我家里什么都没有了。"琳娜哭着说。

"这都怪你们自己，谁叫你们不还钱呀。"走在前头的那个人说。

圣诞老人心想，看来得想个办法帮帮这家农民才好。圣诞老人又悄悄地返回了森林。

圣诞老人心想，最好去问问猫头鹰，让她给我出个主意，因为动物中她最聪明了。猫头鹰的家离圣诞老人住的地方不远。

没过多久圣诞老人就找到了猫头鹰。这时猫头鹰正站在一个树枝上，睁一只眼闭一只眼地睡觉呢。

"你一定要帮帮我。"圣诞老人对猫头鹰诉说，"人类真是奇怪。在森林里，动物们只要自己填饱肚子就心满意足了。可是一部分人类，

尽管自己已经拥有了很多的东西,可还不满足,要去抢夺那些生活本来就很困难的人的东西。这太不合理了。"

"那你就去帮助那些穷人吧!"猫头鹰说。

"怎么帮助他们呢?"圣诞老人问。

"你自己想想吧!"猫头鹰说。

"可是……"

"算了,算了。"还没等圣诞老人说完,猫头鹰就不耐烦地说,"你已经打搅我这么长时间了,你快走吧。"猫头鹰说完就闭上了眼睛。圣诞老人只好回到森林里。坐在那块光秃秃的大石头上,想着帮助穷人的办法。圣诞节快要到了。一天傍晚,当地主从城里买完圣诞礼物驾着马拉着雪橇往家赶时,突然一个长着长胡子的小人儿出现在路中间,拦住了他的去路。

"你要干什么?"地主问,"你难道不认识我吗?快闪开,否则就让你尝尝我的鞭子的滋味!"可是,无论地主怎么吆喝,拉雪橇的马就是不走了。那小人儿慢慢地走到雪橇跟前。

"你要是答应我把枣红马和奶牛还给农民,我就让你走。而且,你还要保证今后不再从穷人那里抢夺东西。"小人儿说。

"那个农民欠我的钱,我是让他用牛和马抵债。"地主吼叫着,然后扬起鞭子吆喝着拉雪橇的马向前走。可是,马站着仍然一动也不动。地主有些着慌了,因为他听说过森林里住着一些会施魔法的小矮人儿。说不定眼前的这个小人儿就会施魔法,要不为什么自己的马不听自己的使唤了呢!地主提高嗓门说,"好,那就照你说的办吧。我把牛马送回去,这么瘦弱的牛马,我本来就不愿意要。"

"你说话可要算数。"小人儿说完就不见了。于是地主驾着雪橇继续往家里赶去。

时间一天天过去了,可是那个贪得无厌的地主既没把枣红马送还给农民,也没有把奶牛送回去。一天早晨,地主的一个女佣气喘吁吁地从牲口棚跑了回来。

"不好了，奶牛都挤不出奶了。"她一边喘着气一边说。

"你说什么？"地主婆哈哈大笑起来，因为她根本就不相信女佣人的话。

"那么多奶牛，难道连一桶奶都挤不出来吗？"

"连一滴都挤不出来了。"女佣人说。

"你简直是在胡说八道！"地主婆生气了，说着提起奶桶亲自来到牲口棚里。没过多久，地主婆哭丧着脸回来了。

"动物们中魔法了。"地主婆一边哆嗦一边说。

"慌什么，"地主故作镇静地说，"我知道是怎么回事了。"

晚上，地主决定去找路上遇到的那个小人儿，他刚走出院子，就看见小人儿从牲口棚里钻了出来。

"喂，"圣诞老人说，"你为什么还不把牲口还给农民？"

"我马上就还。"地主说，"我实在太忙了，没顾得上。明天我就把牛马都送回去，请你赶快让我家的奶牛出奶吧。"

"如果你真的答应把牛马还回去，而且保证以后不再抢夺别人家的东西，那我就从明天起让你家的奶牛下奶。"

"我保证说话算话。"地主说。圣诞老人耐心地等了两天，可仍不见地主把枣红马和奶牛从自家的牲口棚里牵出来。

第三天傍晚，当地主坐上雪橇准备出门的时候，圣诞老人又出现在他面前。"喂，"他说，"你这家伙怎么搞的，到底什么时候送还人家的牛马呀？"

"哎呀，你瞧瞧，我把这件事全给忘了。好，好，等我出去办点儿事回来就还。"说完地主驾着雪橇走了。

圣诞老人一直等到深夜也没见地主从外面回来。这下才知道他又上地主的当了。

圣诞节的除夕夜到了，外头下着大雪。过去地主家总是暖融融的，不知是怎么回事，这天晚上地主家的屋子里特别冷。地主让女佣人把壁炉点上，可奇怪的是壁炉怎么点也点不着。

比莱尔比村的孩子

167

地主气得又吼又叫。屋子里越来越冷,牛奶洒到桌子上立即就结成了冰。夜里一家人冻得根本无法睡觉,在床上缩成一团。没办法,地主只好又去找那个小人儿,可是找了好半天也没有找到,最后还是圣诞老人自己从牲口棚里走了出来。

这会儿地主再也不像先前那么神气了,他又是磕头又是作揖,请求圣诞老人让他家的炉子能点上火。圣诞老人听了火冒三丈。"你骗了我三次,"他说,"所以我才让你们全家挨冻的。你要是再欺骗我,我就让你们家里的东西全都消失,以后就让你带着全家人上街讨饭去。"这下地主真的害怕了。他怎么能上街讨饭呢!

"你现在就把枣红马和奶牛送回去,再把你家最肥的那头老母猪送给农民。"圣诞老人不容置疑地说。

"可是我没从农民那儿抢猪呀!"地主委屈地说。

"你是没抢,可是你欺骗了我呀!"圣诞老人说,"谁要是欺骗我,我就要加倍地惩罚他。另外,你把给你女儿买的最好的圣诞礼物也带上,再带上两篮子最好吃的食品和三盒子圣诞点心。"

"那,那好吧!那,那行!"地主结结巴巴地说完就进了屋。他按照圣诞老人说的把东西全都装好,然后赶紧跑进牲口棚把枣红马和奶牛牵出来,又挑了一头最肥的老母猪。

"喂,你听着,老地主。"圣诞老人说,"假如你再要滑头,我可就对你不客气了。"

"我一定痛改前非。"地主说。

"你的话简直是放狗屁!"圣诞老人说。

"可是,你……"地主可怜巴巴地说,"你能不能先让我家的炉子点上火,不然的话我的老伴和孩子们会冻坏的。"

"不行,还是让你们尝尝挨冻的滋味吧!这样你们以后就能记住这次教训了。"圣诞老人说完,把篮子、盒子和大包小包全都装进一个大口袋里,扛在肩膀上,让地主牵着枣红马、奶牛和老母猪朝农民家走去。

到了农民家，圣诞老人让地主把牛、马和猪赶进牲口棚，喂上草料，然后才放他走。

地主走了以后，圣诞老人悄悄地来到农民的小屋门口，把大口袋放在台阶上，轻轻地敲了两下门，然后急忙躲到墙角后头去了。

农民打开屋门，一眼就看见了台阶上放着的大口袋，可是门口却没见有人，又听到牲口棚里传来一阵猪马牛的叫声。农民赶紧跑到牲口棚，当他看见枣红马和奶牛又回来了，还多出一头大肥猪时，那个高兴劲儿简直无法形容。他又转身跑进屋里，把一切告诉了自己的老伴和女儿。

农民打开台阶上的大口袋，只见里头装着各式各样的好东西，还有专门送给琳娜的一个大盒子，里面装着一个漂亮的布娃娃，琳娜有生以来第一次见到这么漂亮的布娃娃。

吃晚饭的时候，农民高兴地说："好极了，今天的晚饭是我们家多年来吃的最丰盛的一次。"

"可是，是谁给我们送来这么多东西呢？"妈妈疑虑地说，"该不会是从天上掉下来的吧。"

"嗯，"农民说，"应该是圣诞老人做的好事。"

圣诞老人看着农民一家过上了欢欢乐乐的圣诞节，心里感到特别幸福。他一边朝森林里走一边高兴地想："等明年过圣诞节时，我就再给他们送一口袋礼物。"

比莱尔比村的孩子

169

托姆的愿望

[瑞典]佛丽德修·贝里　著

在很久很久以前,有一个国家。这个国家的国王、市长、牧师以及教士们整天都过着花天酒地的生活,可是老百姓的生活却十分艰辛。

在这个国家的乡下,有个老妈妈,她就一个儿子,名叫托姆。母子二人住在森林里的一间茅草屋里,家里穷得时常连饭都吃不上。

在托姆12岁那年,老妈妈带着他到一个离家很远的大庄园给他找了一份苦工,帮助庄园主放羊、放牛。

托姆辛苦劳碌了整整一年,可庄园主却只给了他一分钱的工钱。第二年,他又辛辛苦苦干了一年,可年底得到的仍是一分钱。第三年又过去了,他又只得了一分钱。托姆带着三年的工钱——三分钱告别了庄园主,回家去见老妈妈了。

他顺着大路一直往前走,一边走还一边哼着自己编的小曲:

我幸福,我心欢。

我一连干了整三年。

每年只挣到一分钱，

财富只有这一点点！

托姆一边走一边哼唱，走着走着，忽然他遇到一位老奶奶。老奶奶见托姆又高兴又得意的样子，听说他还挣了三分钱。

"小家伙，"老奶奶说，"看把你高兴的，你送给我一分钱好吗？"

"可以呀，一分钱算不了什么。"托姆开心地回答说。

于是，托姆微笑着点点头，就把一分钱递给了老奶奶。老奶奶也冲他微笑着点了点头，转眼就不见了。托姆只剩下二分钱了，可他仍然很高兴，一边走着一边又哼起了自编的小调：

我幸福，我心欢。

我一连干了整三年。

挣到三分钱，送人一分钱，

可我还有二分钱！

托姆一边走一边哼唱，走着走着，忽然又遇见一位老奶奶。老奶奶见托姆又高兴又得意的样子，听说他还挣了二分钱。

"小家伙，"老奶奶说，"看把你高兴的，你送给我一分钱好吗？"

"好呀，一分钱算不了什么的。"托姆开心地回答说。

于是，托姆微笑着点点头，又把一分钱送给了这位老奶奶。老奶奶也冲他微笑着点了点头，转眼也不见了。托姆现在只剩下最后的一分钱了，不过托姆仍是很高兴，一边走着一边哼着自编的小调：

我幸福，我心欢。

我一连干了整三年。

每年挣到一分钱，

比莱尔比村的孩子

171

现在仍有一分钱。

托姆一边走一边哼唱,走着走着,忽然又遇见一位老奶奶。老奶奶见托姆又高兴又得意的样子,听说他还挣了一分钱。

"小家伙,"老奶奶说,"看把你高兴的,你那一分钱送给我好吗!"

"好呀,一分钱算不了什么的。"托姆开心地回答说。

于是,托姆微笑着点点头,又把一分钱送给了这位老奶奶。老奶奶也冲他微笑着点了点头,转眼也不见了。

老奶奶走后,托姆发现自己身上已经连一分钱也没有了。他不再哼唱小曲了,而是坐在一块石头上号啕大哭了起来。他想:自己辛辛苦苦干了整整三年,钻树林、爬高山,衣服都撕成了碎片,可到头来自己却把工钱全部送了人,现在自己连买针买线缝补衣服的钱都没有了。

托姆自言自语地说:"等回到家里,母亲肯定会训斥我的。唉,我辛辛苦苦地干了三年整,说不定回到家还要挨一顿打。"

就在这时候,托姆听到森林里传来了一阵脚步声,声音离他越来越近了。

"你坐在这儿哭什么呀,小家伙?"一个苍老的声音问。

托姆抬起头看了一眼,只看见一位驼背的小老太太站在他的面前。

"我怎能不哭呢!"托姆抽抽噎噎着说,"我放了三年的牛和羊,只挣了三分钱,可没想到全让三个老奶奶给要走了。如果我现在回到家,母亲肯定会打我一顿。"

"别哭了,小家伙,"老太太说,"你的钱都是我要走的,一共是三分钱,对吧。"

托姆用手背擦了擦眼睛,两眼直勾勾地看着驼背老太太。

"这,这怎么可能呢?这是……这是真的吗?"托姆结结巴巴地说。

"我说的可全是真的。"驼背老太太说,"现在你可以说出三个愿望,一分钱就能使你实现一个愿望。赶快说吧!"

　　"真是好极了!"托姆的脸上立刻露出了笑容,"如果你说的话是真的,那我可真就说了。"

　　"可我现在有什么愿望呢? 噢,对,有了,我现在先要有一个钱包,包里头装着总也用不完的钱;然后我想要一把漂亮的小提琴,只要我一拉小提琴,所有听见的人都会跟着音乐跳舞;最后我盼望有一支枪,它能射中我想要的所有的东西。"

　　"小家伙,这些愿望真的都很好,"驼背老太太说,"因为你一下给了我三年所挣的工钱,因此我会满足你的所有愿望。"

　　老太太的话音刚落,托姆的兜里就有了一个精致的钱包,肩上就挎了一条枪,胳膊下还夹了一把漂亮的小提琴。

　　"谢谢老妈妈!"托姆无比欣喜地说,"现在我可以回家见我妈妈了,也不用担心挨打了。"

　　托姆感激地握了握驼背老太太粗糙的大手,大步流星地向家的方向走去。驼背老太太望着托姆渐渐走远了,就一步一步地走进大森林深处去了。

　　托姆回到家以后,就把路上发生的事详细地告诉了母亲,然后就把驼背老太太送给他的东西一件一件地拿给母亲看。

　　"枪和小提琴实在没有用处。钱包倒是还能有点儿用处。让我瞅瞅里头有几个钱,够不够买一块面包和一袋牛奶,不然我们今天晚上就又没有晚饭吃了。"

　　"就买一块面包和一袋牛奶?"托姆笑着望着母亲说,"那怎么够吃呀! 干脆买它一桶大麦面、四斤肥猪肉吧! 这样买回来我们就可以慢慢地吃了。"

　　"你说些什么胡话呀?"母亲边说边摇着头,"你挣的那点钱要是够买我说的那点东西我就谢天谢地了。来,让我瞅瞅你一共挣了多少钱。"

"好，"托姆兴奋地回答说，"把你的围裙撩起来吧，妈妈！"

母亲按儿子说的撩起了围裙。托姆把钱包高高地举起来，只见无数的银币哗啦哗啦地倒了下来。一会儿母亲的围裙里就装满了银币。

"够了，够了，"母亲兴奋地叫喊着，"把剩下的钱留到下次再用吧！"

"妈妈，赶快去城里买东西去吧。"托姆对母亲说，"要是你拿不动，就雇一辆大车把东西拉回来。我这里有好多好多钱。"

母亲用双手拎着沉甸甸的围裙进城里去了。

母亲在城里买完了一桶大麦面、四斤肥猪肉，还剩下好多好多钱呢。她就在城的四处转来转去，看还有什么好的就买什么。周围的人看了都感到很奇怪，他们怎么也不知道这个穷老太婆今天忽然从哪儿弄来了这么多钱。

"这个穷老婆子今天是怎么了？"

"她哪儿来的这么多钱？"

"有可能是偷来的吧。"

大伙七嘴八舌地议论着。很快，有人就把这件事情告诉了市长。市长心想，这里头肯定有什么问题。于是，市长穿上华贵的礼服，戴上新礼帽，穿上亮光光的皮靴，又带了两个膀大腰圆的卫兵赶到市中心的广场。这时候，托姆的母亲正扒着一个铺子的窗户往里头看呢。

"我以国王的名义逮捕你，你被捕了。"市长向着托姆母亲的身后喊道。

母亲大喊大叫说，她老婆子什么坏事也没干，钱是自己儿子挣来的工钱。可是市长根本就不相信她的话。

"你胡说。"市长说，"赶快老实交代，钱到底是哪儿弄来的？"

托姆的母亲一边流泪一边发誓说钱根本就不是偷来的。可是，无论她怎么说，就是不管用。两个卫兵上前抓住托姆的母亲，把她强行带到了市政厅。母亲被关进了一间小屋子，市长亲手锁上了小屋的门，然后向全市的老百姓宣布，他要对偷钱的老太婆进行公开审判。

市民们从四面八方涌向市政厅。市政厅被挤得水泄不通，厅内厅外到处都站满了人。等大伙儿安静下来之后，市长命令卫兵把老太婆带出来。

"谁家丢了东西赶快报告，"市长说，"现在立刻就可以把钱和物都领回去。小偷肯定会得到应有的惩罚。"

现场的人们你看看我，我看看你，半天也没人说话，更没人报告自己丢失了钱物。市长感到浑身不安了，不知该怎么收场。

托姆在家总等不到母亲回来，他便拿着钱包和那把小提琴进城里去找母亲。谁知城里的街道上空荡荡的，只有市政厅里人声鼎沸。托姆于是走进市政厅，想看看到底发生了什么事情。

市政厅里，托姆看见自己的母亲正坐在审判席上受审，托姆即走上前去问："出了什么事情？你们为什么要审判我的母亲？"

"因为她有那么多的银币，"市长用颤抖的声音回答说，"我要弄清楚你母亲到底从哪儿弄来这么多钱。"

"你以为她的钱是偷来的是吗？"托姆大声地说，"那你就错了，那是我挣的工钱，市长先生，请你摘下你那漂亮的帽子，我这里有的是银币！"

市长用双手捧着帽子递过来，托姆高高地举起钱包，只见银币哗啦哗啦地倒了出来，不一会儿就装满了整整一帽子，在场的人全都愣住了。

"看见了吧？"托姆说，"钱都是我辛苦挣来的，你快把我的母亲放了。"

托姆见市长还不愿意放掉母亲，便拿起了小提琴，拉起了一段欢快的波尔卡舞曲。嗬，这下市政厅里真是热闹极了，在场的人们全都

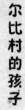

比莱尔比村的孩子

跟着音乐跳起了舞,就连桌椅板凳都跟着跳了起来。市长手里捧着礼帽也随着音乐扭来扭去,由于他扭得太厉害了,结果手里的礼帽一歪,掉到了地上,礼帽里的银币全都撒到地上,滚得到处都是。

"别拉了,别拉了。"市长高声喊叫着,"我放了你的母亲,我放了你的母亲,快停下好吧。"

托姆停下手里拉着的小提琴,市政厅立刻安静了下来。市长赶紧让手下人把托姆的母亲放了,又把她买的东西全还给了她,然后又叫人安排了一辆车,把他们母子俩送回了家。

又过了一段时间,一天大清早,托姆来到森林里,他发现一只山鸡正站在一棵松树顶上不停地叫。

"让我试试这支枪吧,"托姆心里想,"看看它是不是像我想象的那么百发百中。"

于是他举起枪朝向相反的方向扣响了扳机。枪声一响,那只山鸡便从树上掉进了灌木丛里。这时正好碰到一位教士骑马从这里经过。

"你怎么能偷着打山鸡?"教士喊道。

"这只山鸡总是嘲笑我。"托姆说,"我根本就没对着它打呀,是它自己掉进灌木丛里的。"

"你简直在胡说八道!"教士大声嚷道,"森林和森林里的所有动物都是属于国王的,你打死山鸡是要判死罪的,你不知道吗?"

教士说着就下了马,蹑手蹑脚地走进了灌木丛,伸手把山鸡提了出来。其实这个教士可喜欢吃山鸡肉了,他一想到晚饭能吃上喷香的山鸡肉,他的口水都流出来了。教士拎着山鸡头也不回地上了马,不过临走前他说要把这件事汇报给国王。

回到了修道院,教士找到院长汇报了托姆偷打山鸡的事情,院长立即把这件事汇报给了主教,主教紧接着汇报给了大主教,最后,大主教赶紧又告到国王那儿。

国王听后觉得很气愤,立即派人把托姆抓了起来。国王决定绞死托姆。

执行死刑的那天,国王请来了好多人。国王和王后威严地坐在王位上,漂亮的公主坐在他们中间。教士得意扬扬地在场内走来走去。刽子手已经准备完毕,只等着国王下命令了。

国王做了一个手势,托姆就被带到了绞刑架下。托姆看了看周围的人,然后对着大伙鞠了一躬,最后又朝国王鞠了一躬。

"至高无上的国王陛下,"托姆说,"我知道罪犯在临死之前是可以说出一个愿望的。现在我也有一个小小的愿望,如果国王陛下能满足我,那我就死也瞑目了。"

"好吧,你说吧,你有什么愿望?"国王说,"只要你说出来,我就以国王的名义满足你的愿望。"

"我知道好多罪犯在临死之前都想说几句最想说的话。"托姆说,"可我没有什么话想说,我只会拉小提琴。我希望在临死前能用我的小提琴给大家拉一首曲子。"

国王答应了托姆的请求。

谁能想到琴声一响,在场的人全都跳起舞来。国王和王后在地上直打转转,连公主也在不停地转着圈,看上去真是好玩儿极了。在所有人当中,那个教士跳得最欢,他看上去跳得简直像疯子一样疯狂。

"别拉了,别拉了。"国王发怒吼叫着,"再拉我马上就叫人把你吊死。"

"反正我早晚是要被绞死的,现在我的愿望总算实现了!我总得畅快一下的!"托姆一边拉着琴一边兴奋地说。

"你要是放下小提琴,我就把你放了。"国王一边跳一边喘着气大喊。

托姆现在可不管了,他还是一个劲儿地拉着欢快的乐曲。到后来国王实在受不了了，他大声叫道："你要是停下小提琴，我就把公主嫁给你，再把半个国家也让给你！"

托姆终于停止了拉曲子，放下了手里的小提琴。

后来，国王为公主和托姆举行了盛大的婚礼，并且还把托姆的母亲也请来了。

"让母亲也搬到宫里来生活吧。"公主真诚地对母亲说。

"不必了，"母亲说，"我实在舍不得森林里的那间小茅屋。"

后来托姆派建筑师去把母亲的小茅屋修建一新，破旧的小茅屋一下子变成了一座小小的宫殿。就在这座小宫殿里，托姆的母亲生活得很幸福，一直活了87岁3个月零9天。

好奇的小怪物

[瑞典]西格涅·比扬贝里　著

　　从前,有一个很小的小怪物女孩,她的名字叫菲利巴。她家里除爸爸妈妈以外,还有 8 个小兄妹。菲利巴对什么事都特别好奇,还喜欢到处乱跑。

　　"这样下去可不行,"妈妈说,"早晚会遇到麻烦的。"

　　有一天,麻烦事还真的就发生了。菲利巴发现路边的小山坡上放着一件奇怪的东西,其实那只不过是一只小书包,只是菲利巴没见过罢了。

　　菲利巴以前从来没见过书包,她好奇地跑过去,站在书包前,睁着大眼睛左看看右瞅瞅。妈妈早就告诉过她,别跑出去太远,也不要到山坡上去玩。可是菲利巴一看见书包这个东西就把妈妈的话全都忘了。她围着书包转了一圈,发现书包上有一个开口。她多么想看看里头是什么样子呀!

　　菲利巴只是野地里的一个小怪物,她的个头特别小,身体也特别轻,几乎是透明的,所以她没费一点儿劲儿就爬进书包里了。

　　可怕的事情发生了。就在菲利巴坐在黑糊糊的书包里时,有个小

比莱尔比村的孩子

男孩走过来,他拉上了书包的拉链,然后背起书包就走了。就这样,可怜的菲利巴被关进书包里怎么也出不来了。

　　菲利巴在书包里拼命地喊救命呀,可是她的嗓音实在太小了,小男孩根本就听不见,别人就更听不见了。小男孩住在城市里,今天是他跟同学们一起到郊外春游,现在背好书包正准备回家呢!

　　菲利巴在黑暗中当然什么也看不到,她只能听到有好几个男孩子啪嗒啪嗒的脚步声。书包在男孩背上不住地摇晃,慢慢地,菲利巴的头感到有些晕了。

　　突然,菲利巴听到一阵可怕的尖叫声传来。原来是一列火车开了过来。可是菲利巴被关在书包里什么也看不见,她还从来没见过火车是什么样的呢。男孩子们一窝蜂似地涌上了火车,菲利巴也被带上了火车。

　　走了好长好长一段路后,火车终于到站了。车站上比火车里显得更加热闹。火车的汽笛声、脚步声、汽车喇叭声,还有电车的叮叮当当声,菲利巴的头都被搅晕了。菲利巴实在忍受不住了,于是她爬到书包拉链的地方,拼命地拉,最后终于一点一点地拉开了,她小心翼翼地从书包里爬了出来。

　　哇!菲利巴被眼前的情景惊呆了:城里到处是高楼大厦,多得一眼望不到边;还有各种各样的汽车、电车;路边的电线杆上还亮着路灯;周围人来人往。沥青路上没有花也没有草,不仅看不见蝴蝶、甲壳虫、蚊子,更别说小怪物了。

　　菲利巴害怕了,身体一哆嗦就从书包上摔了下来。她站在地上,显得那么渺小,她当然也不知道该到哪儿去。就在这时,一只大脚差点儿就踩在了她的身上,吓得她左躲右闪,最后她跑到路边的石沿下,这样大脚就踩不着她了。菲利巴在石沿下又是喊又是叫又是跳,可是根本没有人理睬她。

　　"唉,当初要是听妈妈的话多好啊!"菲利巴伤心地哭了起来"说不定这时候我正躺在家里柔软舒适的树叶床上睡觉呢!可是现在我回不了家了。"

正在这时,有一个叫阿尼塔的小姑娘牵着一只小哈巴狗走了过来。小哈巴狗的眼睛很尖,它一眼就发现了小怪物。小哈巴狗向她很友好地摇着尾巴,还用鼻子闻了闻菲利巴。阿尼塔见小哈巴狗在地上闻什么东西,便说:"你发现了什么呀?"她一边说着一边弯下腰看看路边有什么。

阿尼塔终于发现了可怜的菲利巴。菲利巴吓得浑身直打哆嗦。阿尼塔一下把她抓起来,放在自己的手心里。

"小东西,你从哪儿来呀?是怎么到这儿来的呢?"阿尼塔亲昵地问。

"我也不知道。"菲利巴说,"我害怕,我很累,真的很累。"

菲利巴的嗓音太小了,阿尼塔几乎听不清她在说些什么。

"跟我走吧,让我来照顾你。"阿尼塔说,"我给你吃的,给你糖吃,你在我的布娃娃床上睡觉,别人谁也不会欺负你的。"

菲利巴可高兴了,心想这下再也不用害怕挨大脚踩了。阿尼塔把菲利巴放在自己的肩膀上,带着她往家走去。阿尼塔的肩膀又软又舒服,菲利巴趴在上面都快睡着了。

"妈妈,你看,我捡到了一样小东西!"阿尼塔一进家门就大声喊道,"是一个小怪物。"

可是妈妈却说她什么也没看见。阿尼塔心想,也许妈妈在灯光下呆的时间太长了,所以才看不见自己肩膀上的菲利巴。

"你别再胡思乱想了。"爸爸在一旁说,"世界上根本就没有什么神仙,也不可能有什么小怪物。"

阿尼塔觉得爸爸说的一点儿也不对,因为她的肩膀上就正趴着一个小怪物呢。

"女儿太累了,"妈妈说,"你上了一天的学,又做了那么多的作业,快上床去睡觉吧。等过几天学校放假就让你到乡下外婆家住几天。"

噢,太好了! 阿尼塔心想,到时我会把小怪物菲利巴也带上,就有伴了。

阿尼塔带着菲利巴回到了自己的房间,屋子里静悄悄的。阿尼塔在自己的房间里就可以大胆地跟菲利巴说话了。

"告诉我,你是从哪儿来的?"阿尼塔问,"我想给你的爸爸妈妈写一封信,告诉他们,说你在我这里过得很愉快,好让他们放心。"

"我家住在离山坡不远的一片草丛里,那儿长着黄花草。"菲利巴说。

"那片草丛在什么地方呢?"

"在草地上呀。"

"在哪块草地上呢?"阿尼塔问。

"难道还有许多块别的草地吗?"菲利巴问。

"嗯,是呀,有成百上千块的草地呢,"阿尼塔说,"我们怎么样才能找到你住的那块草地呢? 草地的周围是什么样子的?"

"在离我住的草丛不远处有一座人类居住的红房子,"菲利巴说,"房子里住着一位好心肠的老奶奶,老奶奶还养了一只听话的小白猫。"

菲利巴就知道这么多了,说着说着她就开始哭起来,看来她实在是太想家了。一见到菲利巴哭了,阿尼塔的眼圈也红了。

"我不听妈妈的话跑上了山坡,"菲利巴哭着说,"我对什么东西都好奇,所以我才爬进了路上放着的一个奇怪的东西里面,这个东西就把我带到了很远很远的地方,最后我就来到了你这里。现在我再也找不到自己的家了。"

阿尼塔一边安慰小怪物一边拿来面包、牛奶和巧克力让她吃。可是菲利巴不会吃人类的东西,因为她从来没有吃过。

"我想吃蜂蜜。"菲利巴说。

"噢,想起来了,我上次咳嗽时还有一点吃剩下的蜂蜜。"于是阿尼塔去把装蜂蜜的罐子拿来了。

吃完饭，阿尼塔开始整理她的娃娃床，她在床上铺了一个白床单，还在床单上放上一条丝绸被子，然后她告诉菲利巴怎样钻到被窝里睡觉。小怪物以前从来没有见过娃娃床，所以她不知道怎么睡。

菲利巴躺下以后，阿尼塔也就躺到自己的床上睡觉了。

半夜，阿尼塔突然被惊醒了。月光透过窗户把屋子照得亮堂堂的。阿尼塔瞅了瞅身旁的娃娃床，只见床上空荡荡的。

"菲利巴，菲利巴，"阿尼塔悄悄地喊道，"你在哪儿？"

"我在这儿呢！"菲利巴站在桌子上那个花瓶里的花上回答说，"我在那种床上睡不着觉，我习惯了睡花床。"

阿尼塔就让菲利巴呆在花上了，她自己又躺下睡了。

虽然菲利巴在阿尼塔的身边过得很愉快，可是她还是特别想家，想爸爸妈妈。

"好朋友，别伤心，"阿尼塔总是这样安慰着菲利巴，"等到了外婆家就好了，我的外婆一定会想办法帮助你找到家的。"

放暑假的日子终于到了，阿尼塔要去外婆家了。外婆家住在很远很远的乡下，所以阿尼塔要坐着火车去。菲利巴一听说要坐火车又害怕了。一路上她总是紧紧地抓住阿尼塔的胳膊，一直到下了火车，她才终于松了一口气。

乡下的空气可真新鲜呀。石子路的两边长着高大的白桦树，清凉的风吹着树叶沙沙地响，路边的地里长着无边的绿草和鲜花。

没过多长时间，阿尼塔就到了外婆家。这时外婆正站在门口迎接她们。

还没等进外婆的屋，菲利巴就突然激动地喊叫起来："阿尼塔！阿尼塔！这座房子和老奶奶就是我跟你说过的呀。"

阿尼塔把事情一五一十地告诉了外婆。外婆点着头笑了，然后把一枝黄花草插到桌子上的花瓶里。

"把你的好朋友放在黄花草上吧，"外婆笑着说，"我们请她吃蜂蜜，然后我们再一起送她回家。"

吃完了饭,外婆就带着阿尼塔和菲利巴来到一棵高大的白桦树下,外婆把菲利巴放在树根下的一个小洞口前,原来这儿就是小怪物菲利巴的家门口。菲利巴一见到家门便钻进了洞里。阿尼塔俯下身,侧耳倾听着。没过一会儿,阿尼塔就听见从洞里传来一阵轻细的说话声:"妈妈,妈妈,我回来了! 我以后再也不敢乱跑了。"

比莱尔比村的孩子